Nuova Narrativa Newton

1462

Titolo originale: *IWAIYAMA -- The Mountain*

Original Japanese edition published by Kobunsha Co., Ltd., Tokyo.
Italian language translation rights arranged with Kobunsha Co., Ltd.
through The English Agency (Japan) Ltd. and New River Literary Ltd.

Traduzione dalla lingua giapponese di Corrado Cucchi

Prima edizione: aprile 2025

ISBN 978-88-227-9243-3

www.newtoncompton.com

Realizzazione a cura di The Bookmakers Studio Editoriale s.r.l.s.
Stampato nell'aprile 2025 presso Puntoweb s.r.l., Ariccia (Roma)

Nanami Kamon

Il santuario della montagna silenziosa

Newton Compton editori

In Giappone, l'estate è la stagione delle storie di fantasmi.

Sebbene in molti sostengano che la popolarità di questo genere ultimamente sia diminuita, ogni estate ricompaiono nelle librerie e nelle videoteche libri e film dell'orrore. Persino nei palinsesti televisivi spuntano alcuni programmi incentrati sugli spiriti.

Insomma, a quanto pare le storie di fantasmi tornano in voga tutti gli anni.

È probabile che sia anche merito dell'*Obon*, la festività di tre giorni che onora gli spiriti e che cade, appunto, durante i mesi estivi. Si racconta che in questi giorni di celebrazioni i defunti possano giungere in visita nel mondo dei vivi anche solo per qualche istante.

È normale, dunque, che in Giappone le storie di fantasmi riscuotano grande popolarità proprio nei mesi in cui le persone parlano maggiormente di chi non c'è più e svolgono riti commemorativi, spinte dalla convinzione che certe presenze invisibili trovino conforto nel sentire parlare con tanto ardore del luogo in cui si trovano, l'aldilà.

Tuttavia, il rinnovato interesse annuale nei confronti dell'occulto non si limita all'*Obon*. Secondo le funzioni buddiste, infatti, gli scomparsi possono riapparire ai loro cari anche durante la settimana degli equinozi di primavera e d'autunno.

A pensarci bene, è strano che il periodo dedicato ai fantasmi sia per tradizione soltanto uno. Non la primavera, l'autunno e l'estate. Ma solo l'estate. Chissà come, l'usanza giapponese vuole che sia solo questa la stagione associata ai fenomeni più inspiegabili.

Dev'essere a causa di *qualcosa* che ha a che fare con l'*Obon*?

Qualcosa…

A ogni modo, una sola frase riverbera ogni qualvolta si parla dell'estate in Giappone: «È il periodo in cui si solleva il coperchio del calderone dell'Inferno».

1

«Ma se il coperchio del calderone dell'Inferno si solleva, significa che il momento in cui i tormenti infernali si placano è arrivato, no?».

Con il ricevitore in una mano e una sigaretta accesa in bocca, controllavo le email sul mio portatile. Era inevitabile per me, perché ogni volta che parlavo al telefono i miei occhi cercavano un'altra occupazione. Così, senza intenzione, finivo per scorrere i canali alla televisione oppure mi ritrovavo a trafficare con il computer.

Lo stesso valeva per la mia amica Satomi, dall'altro capo della linea. In sottofondo potevo sentire la sua televisione ad alto volume, ma non mi importava granché. Io e lei siamo amiche dai tempi dell'università, e saperla intenta a osservare un altro schermo mentre chiacchieravamo non mi turbava. Noi non ce la prendiamo mai per sciocchezze simili.

Come me, che nella vita faccio la scribacchina, anche Yoshimura Satomi è una libera professionista. Dopo la laurea in belle arti, ha svolto diversi lavori part-time e con il tempo si è affermata come illustratrice. Oggi si guadagna da vivere disegnando.

Il mio percorso per diventare scrittrice è stato simile al suo. Tuttavia, io ho seguito una traiettoria di vita leggermente diversa, perché dopo la laurea ho proseguito gli studi frequentando un corso di specializzazione, evitando di buttarmi subito nel lavoro.

Comunque, ciò che conta è che io e lei condividiamo da sempre gli stessi interessi. Pur esprimendoci attraverso arti differenti, nelle nostre opere i temi centrali sono spesso simili. Amiamo entrambe le storie di fantasmi, l'horror e l'occulto. Utilizzando una parola più elegante, direi che siamo appassionate di *folclore*.

La conversazione al telefono che stavamo portando avanti era partita da un argomento qualunque e, quasi senza accorgercene, ci aveva spinte a chiederci come mai l'estate fosse ancora la stagione delle storie di fantasmi, in Giappone, e se tale usanza avesse un significato nascosto ai più.

«È l'unica occasione in cui persino i demoni si concedono una pausa dal tormentare i dannati. Quindi, nel giorno in cui il coperchio del calderone dell'Inferno si solleva, anche le persone di questo mondo dovrebbero essere al sicuro», proseguii spiegando meglio la mia posizione.

«Ah, davvero? Io credevo che fosse il giorno in cui gli spiriti si riversano a frotte nel nostro mondo», rispose Satomi all'altro capo del telefono con un tono di voce leggermente più alto.

Mentre facevo di sì con la testa, mi accorsi di aver ricevuto due email.

«Lo dici per via del *Kyūbon*. Quello, in effetti, è il giorno in cui i morti si radunerebbero sulle montagne, in luoghi come il monte Osore, per esempio. Ma di certe faccende è meglio lasciare che siano le medium a occuparsene, non trovi?»

«Sì, certo. In quel giorno di festa gli spiriti possono tornare dall'oltretomba. Ma, allora... Anche i malvagi caduti all'Inferno possono fare capolino, giusto?»

«Immagino di sì. In fondo, persino i malvagi saranno pur sempre gli antenati di qualcuno».

«È questo che mi preoccupa».

La breve risposta di Satomi giunse assieme a un rumore di carta squarciata. Sembrava avesse appena aperto una merendina. Come a darmene conferma, la mia amica proseguì con la voce impastata dal boccone, rendendosi quasi incomprensibile. «E poi, che cosa sarebbe il calderone dell'Inferno?»

«In che senso?»

«Una specie di bollitore per il riso?»

«Scema».

«Il calderone sarebbe l'Inferno stesso, in pratica?»

«Ma no...».

«Allora cos'è? Una specie di mensa sociale?»

«Ma che diavolo dici?!»

«Non lo so. Magari, siccome all'Inferno è un giorno di festa, cucinano un bel po' di riso in un grande calderone e lo offrono come ringraziamento ai morti e ai demoni».

«Questa sì che è buona!», dissi scoppiando a ridere.

«Bene! Usala pure per la tua prossima storia», disse Satomi ridendo a sua volta.

Già, la mia storia...

Le avevo telefonato proprio per prendermi una pausa dalla scrittura. Solo che poi avevamo iniziato a chiacchierare delle nostre scadenze ed eravamo finite a discutere della stagione delle storie di fantasmi.

In quel periodo stavo scrivendo un romanzo horror e il mio obiettivo era di ultimarlo per l'estate. Volevo consegnarlo prima della stagione delle piogge.

Tuttavia, ero ancora molto indietro con la stesura ed eravamo già ad aprile. Il mese in cui i fiori dei ciliegi sbocciano e poi cadono, in cui tutti se ne vanno in giro di buon umore. I treni sono affollati, le notti in città sono tutte un vociare di comitive riunite a far festa. Secondo una comune credenza, quello della fioritura è anche il periodo in cui le emozioni sono in maggior fermento e le persone mostrano con più frequenza comportamenti bizzarri, rispetto al resto dell'anno.

A causa del clima gioviale ed eccitato della primavera, si direbbe che quello fosse il periodo meno indicato per farsi trasportare dalle storie di fantasmi. Tuttavia, essendo ormai dieci anni che potevo definirmi una scrittrice a tempo pieno di storie horror, fantasy e incentrate sull'occulto, per me era normale dedicarmi a un simile lavoro nei mesi in cui il Giappone era avvolto da un brulicante ottimismo. A dirla tutta, la frustrazione stagionale che riemergeva in me da questa dissonanza si ripeteva ogni anno, nella mia vita. E appena precipitavo in quell'umore, nulla pareva girare per il verso giusto.

Dato che le mattine e le sere erano ancora invernali, io, da freddolosa quale sono, anche quella notte me ne stavo seduta nel *kotatsu* a cercare di scrivere sul mio portatile. La storia alla quale stavo lavorando in quel periodo mi aveva fatta penare sin dal principio, e la colpa era soltanto mia. Parlava di una *prova di coraggio*. L'impavida eroina che avevo creato decideva di partecipare per gioco a una sfida molto rischiosa e finiva per affrontare una terribile esperienza sovrannaturale. Il problema, però, era che non riuscivo a provare empatia per la mia stessa protagonista.

Sapevo bene che si trattava di una trama piuttosto convenzionale, ma scrivere qualcosa di ordinario era proprio il mio obiettivo. Quindi non era quello il problema, anzi. Si dà il caso che avessi scelto di proposito di ispirarmi al numero infinito di persone che si sottoponevano a prove di coraggio nella vita reale.

Malgrado fossi tanto sicura delle mie idee, la scrittura non andava avanti, ed era sempre e solo a causa dei personaggi. O meglio, del mio sguardo critico nei loro confronti. Onestamente, penso tuttora che chiunque partecipi a una prova di coraggio sia un completo idiota. Se certe persone finiscono in situazioni spaventose, è soltanto per colpa loro. E dirò di più: in caso di tragiche conseguenze non riesco a provare alcuna compassione. Ecco come la penso. Per questa ragione trovavo ardua l'impresa di caratterizzare in maniera accattivante una protagonista che si cimentava in un'impresa tanto stupida.

Per via della mia professione, di tanto in tanto capita che anch'io venga invitata in uno dei cosiddetti *luoghi infestati*, in spazi pubblici o privati, nei quali ho dovuto talvolta recarmi per non mancare alla parola data. Quasi mai, comunque, ho visitato di mia volontà posti sin dal principio considerati pericolosi. Che io ricordi, gli unici che abbia mai guardato con interesse sono stati quelli legati a *zashiki-warashi* e *kappa*. In generale, però, preferisco essere cauta e restare alla larga da siti in cui ci sono stati incidenti, omicidi o si crede risiedano spiriti rancorosi.

La ragione è piuttosto semplice: io credo nei fantasmi. E trovo non sia necessario scomodarli. Il solo buon senso dovrebbe essere sufficiente a farci capire che non è una buona idea disturbare intenzionalmente le tombe di persone estranee e girovagare per i luoghi legati alla loro vita. A maggior ragione se si crede negli spiriti. Trattare come un fenomeno da baraccone un'entità bloccata nel luogo dei suoi rimpianti è imperdonabile. Sono certa che, se fossi io il fantasma sul posto, darei una bella lezione a coloro che vengono a scuotere la mia anima già tormentata solo per divertirsi.

Guidata da questi pensieri, la bozza del mio libro stava prendendo una piega moralista e sprezzante, niente a che vedere con l'avvincente e teso racconto di una prova di coraggio che avevo pensato all'inizio. Mi sentivo ridicola. Eppure, cosa avrei dovuto fare?

Se avessi potuto, avrei cambiato l'intera trama e persino il tema centrale dell'opera. Ma non c'era abbastanza tempo. Avevo passato gli ultimi giorni china sul manoscritto, senza far altro che scrivere e cancellare, scrivere e cancellare, ancora e ancora. Ero così frustrata e, come mio solito, con il pretesto di dovermi sollevare il morale peggioravo soltanto la situazione, perché finivo per distrarmi leggendo manga, guardando film o facendo lunghe telefonate. Qualunque cosa era meglio di lavorare a quel testo inconcludente.

«La mensa sociale degli inferi... E come potrei inserirla in una storia?!».

Ridendo ancora per le assurdità di Satomi, diedi un rapido sguardo all'orologio. L'una e mezzo del mattino. Stavamo parlando già da un'ora, ormai. Anche Satomi era una nottambula. Per entrambe sarebbe stato meglio tornare al lavoro, eppure preferivamo continuare a chiacchierare, abbandonandoci alla nostra pigrizia.

A un certo punto, cliccai sulla cartella della posta in arrivo. La prima era una email indesiderata, l'altra un messaggio di una mia conoscenza in comune con Satomi, Yaguchi Asako.

"Questo sì che è strano", pensai sbattendo le palpebre.

Conoscevo Yaguchi Asako da meno tempo di Satomi, ma dovevano comunque essere passati quasi dieci anni dalla prima volta in cui l'avevo incontrata. Mi era stata presentata come la penna di una rivista femminile, e avrebbe dovuto intervistarmi per scrivere della mia ultima pubblicazione dell'epoca. Lo scambio tra noi non era durato molto, ma abbastanza per farmi scoprire che Yaguchi un tempo aveva abitato vicino alla casa di Satomi. Anche se poi si era trasferita, fino ai tempi delle medie loro due avevano frequentato la stessa scuola preparatoria ed erano state compagne di giochi.

Rincasando dall'intervista, avevo subito informato Satomi, la quale era stata colpita dalla coincidenza e colta da sentimenti di nostalgia per la sua vecchia amica. Da allora, spinte dalla reciproca simpatia, avevamo preso a frequentarci tutte e tre. Andavamo insieme al cinema, per esempio, ma non solo. In effetti c'era stato un periodo in cui ci eravamo incontrate piuttosto di frequente.

In seguito, però, le nostre uscite si erano lentamente diradate. Questo perché Yaguchi aveva lasciato il suo lavoro precario di giornalista freelance ed era entrata in una azienda di medie dimensioni, dove era stata assunta come editor. Poiché era specializzata in manuali d'impresa e libri di *know-how*, non vi erano affinità tra il suo lavoro, il mio e quello di Satomi, ciononostante lei era stata comunque felice di quel cambiamento. Eppure, il nuovo impiego era gravoso e presto era divenuta sofferente a causa degli straordinari cui la obbligavano di continuo. In più, i suoi unici giorni liberi erano il sabato e la domenica, e le opportunità di incontrarla erano diventate molto rare, perché io ho sempre preferito uscire con le mie amiche nei giorni feriali, per evitare le folle in giro per la città nel fine settimana. Pertanto, i nostri giorni liberi non combaciavano più.

Ciononostante, devo ammettere che le mie abitudini di svago non erano state l'unica motivazione dietro la fine della nostra amicizia. So bene di essere stata egoista, ma in tutta onestà mal sopportavo l'idea di recarmi in luoghi affollati solo per ascoltare le lamentele di Yaguchi.

Così, in breve tempo, i nostri rapporti si erano raffreddati.

Sebbene in seguito fossi venuta a sapere che un crollo fisico l'aveva spinta a lasciare quel lavoro massacrante, mi ero limitata a scambiare con lei qualche messaggio di circostanza dicendole frasi come: «Speriamo di rivederci presto».

Erano passati due, forse tre anni dal nostro ultimo contatto. E, senza alcun preavviso, ora quella stessa Yaguchi mi aveva inviato una email.

Continuando a parlare al telefono, controllai il contenuto del messaggio. Dall'altro capo, Satomi annunciò che presto sarebbe dovuta tornare al lavoro.

«Certo, capisco», le dissi, e subito dopo aggiunsi: «A proposito… Cosa combina ultimamente Yaguchi? Tu sai nulla?»

«Yaguchi? Mi sembra si fosse presa una pausa dopo aver lasciato l'ultimo lavoro. Per riprendersi dall'eccessivo stress, suppongo. Perché mai me lo chiedi così all'improvviso?»

«Be', ho appena ricevuto una email da parte sua», risposi di riflesso, facendo scorrere gli occhi sulle stringhe di testo.

Destinatario: Kazuno Minami

Buonasera!

È passato così tanto tempo. Come stai?

Io ho vissuto un brutto periodo, ma ormai mi sono ripresa completamente.

Ho lasciato il posto da editor, poi ho lavorato per un po' part-time e fino al termine dello scorso anno ho fatto la volontaria nell'organizzazione di eventi. Ora lavoro con delle persone che ho conosciuto in tale ambito.

Si tratta di un gruppo interessante, i cui membri vanno tutti matti per santuari e luoghi spaventosi. Negli ultimi tempi mi sono lasciata influenzare da loro, al punto che ho la stessa fissa anche io e li accompagno nelle uscite.

È proprio a causa loro, se di recente mi sei tornata in mente tu, Kazuno. Una volta, dopo aver cenato a Harajuku, io e te siamo andate in piena notte in un santuario... Ricordi? All'epoca certi luoghi mi facevano una grande paura, ma adesso ne vado pazza! I santuari di notte sono davvero forti! :)

Quando ho parlato di te ai miei colleghi del lavoro, molti hanno detto di aver letto i tuoi libri e che un giorno vorrebbero poterti incontrare.

Fomentata dal loro stesso entusiasmo, ti scrivo proprio perché anche io ora ho voglia di rivederti. Ti andrebbe di mangiare di nuovo assieme, dopo tanto tempo?

Mi piacerebbe poter parlare con te di tante cose, come una volta.

Yaguchi Asako

Come cambiano le persone!

Quando ci frequentavamo, argomenti simili non interessavano minimamente a Yaguchi. Per quanto leggesse horror e storie di fantasmi, rimaneva solo una lettrice e non si lasciava assorbire in profondità da certe atmosfere. Figuriamoci dai santuari. Di sicuro non era il tipo da andare a visitare posti simili nella vita reale.

All'epoca, però, io non mi ero subito accorta della differenza di gusti che correva tra me e lei. Così, quando a Harajuku avevo proposto di visitare un santuario, Yaguchi era rimasta interdetta. Io ho sempre amato gli edifici religiosi, ed entrarci di notte non mi creava alcun problema. Yaguchi, invece, che era all'oscuro delle mie passioni, era di tutt'altro avviso.

Una volta entrate, mi aveva rivolto un sorriso esitante. «Kazuno, sei una persona religiosa?», mi aveva poi domandato sottovoce.

La passione per i luoghi di culto e la fede religiosa sono due cose completamente diverse. Si può essere dei patiti di santuari *shintō* e appassionati di templi buddisti per il solo interesse artistico e architettonico, così come si può essere credenti e non avere alcun tipo di trasporto per certe arti.

Detto questo, io mi considero una persona credente, ma non certo una seguace di qualche setta simile alle nuove religioni, a differenza di quanto Yaguchi mi era sembrata sottintendere. Per questa ragione, avevo riso alla sua domanda, poi mi ero resa conto di averla fraintesa a mia volta. Avevo dato per scontato che chiunque avesse una inclinazione simile alla mia avrebbe volentieri visitato certi luoghi.

Erano passati cinque anni da allora, ma quello scambio con Yaguchi era ancora vivido nella mia memoria, perché in qualche modo mi aveva aperto gli occhi. Esistono persone che, pur non credendo negli spiriti e non avendo alcun interesse verso i *kami* e i budda, amano approfondire determinati argomenti, ma soltanto restando a una dovuta distanza... perché di persona ne sarebbero intimoriti. Da quando avevo intuito l'ovvietà di questo fatto, grazie alla reazione di Yaguchi, avevo scritto i miei libri pensando a un lettore del genere.

"E ora quella stessa ragazza andrebbe nei santuari di notte?!", pensai.

Che cosa le aveva fatto cambiare idea al punto di trovare una simile attività persino divertente?

Più che in un singolo episodio, forse la causa era da ricercare nei tempi. Negli ultimi anni, infatti, l'attenzione generale attorno agli spiriti è cresciuta considerevolmente. Programmi su aure paranormali e vite passate vengono trasmessi in prima serata. Riviste specializzate in vicende di fantasmi prevedono uscite settimanali. In generale, le rappresentazioni e le storie diffuse oggi non si basano unicamente sulla paura e risultano più accessibili rispetto ai romanzi horror popolari fino a qualche tempo fa. Vi è persino una domanda crescente di testimonianze su avvistamenti di fantasmi, perché una certa dose di realismo sembra esser divenuta fondamentale per i racconti dell'occulto. Più le storie di paura si basano su vicende realistiche, più godono di grande successo. È assodato.

Insomma, con queste premesse i racconti di fantasmi sono diventati lentamente familiari a chiunque e alla fine, seppur non raggiungano il livello di diffusione del *mistery*, ormai hanno conquistato un pubblico generalista e non soltanto di cultori.

Lo stesso discorso vale per lo spiritualismo. Questo genere, incluso ora apertamente nelle riviste femminili, è ormai esploso. Occupa oltre metà degli scaffali dei reparti di religione delle librerie. Potrebbe sembrare che tali contenuti si basino pressoché sulla stessa concezione del paranormale del passato, tuttavia tra il paranormale di tanto tempo fa e lo spirituale di oggi c'è una grande differenza. Ovvero, l'assenza della paura.

Malgrado si focalizzino su anime perdute, karma ed esorcismi, i libri spirituali non associano a questi temi la tipica aura di terrore che un tempo li avvolgeva. I contenuti parlano di magia vera e propria, ma non c'è alcun indizio dell'orrore che si annida alle basi dell'occultismo. Per rafforzarne una visione più leggera, enfatizzano i benefici concreti di certe pratiche, come la cristalloterapia, e scelgono copertine così femminili che certi volumi potrebbero facilmente essere scambiati per manuali di bellezza. Tutto ciò contribuisce a rendere il mondo esoterico sempre più "familiare" agli occhi delle persone comuni.

Lo spirituale misterioso e universale esistito sin dai tempi antichi, quindi, negli ultimi anni è stato diluito e ammorbidito, e fluttua ora intorno a noi con la sua nuova forma. O almeno, questa è la mia percezione.

Lavorando nell'ambiente, non posso realmente mostrarmi troppo critica riguardo questi cambiamenti. Difatti, sono grata che lo stigma sulla religione sia diminuito. Fino a poco tempo fa, in seguito all'incidente dell'Aum Shinrikyō, le persone che utilizzavano la banale parola "religione" venivano guardate storto. Perciò, sono felice che tale reputazione negativa sia sfumata nel tempo, grazie al boom dello spiritualismo.

L'improvviso interesse di Yaguchi per i santuari era probabilmente un riflesso dello scenario moderno. Ero certa che non mi avrebbe più fatto domande come: «Sei una persona religiosa?».

«Yaguchi? E che dice?», domandò Satomi, lasciando trasparire tutta la sua curiosità.

«Scrive che ha preso a visitare santuari e che vorrebbe incontrarmi per parlare».

«Ah, davvero? Quindi visita santuari, ora!».

Le parole di Satomi davano voce alle mie stesse sensazioni. Se il suo tono suonava un po' sarcastico, era perché pure lei ne aveva avuto abbastanza delle continue lamentele di Yaguchi. Anche tra loro due era esistito un legame, all'epoca, ma non era durato. Satomi si era allontanata da lei più o meno nello stesso periodo in cui lo avevo fatto io.

Era passato ormai molto tempo dall'ultima volta in cui noi due avevamo parlato della nostra conoscenza in comune. Poi, all'improvviso, era arrivata l'email. Era naturale che io e Satomi fossimo sospettose. Rievocammo i ricordi di quella nostra vecchia amicizia per circa dieci minuti, infine chiudemmo la telefonata. Era troppo tardi per i pettegolezzi. Dovevamo rimetterci al lavoro.

Eppure, dopo aver riagganciato, lessi un'altra volta il messaggio di Yaguchi. Avrei dovuto prenderlo soltanto come un invito a cena? Avrei dovuto risponderle senza scetticismi?

Per qualche ragione, la mia riluttanza stava avendo la meglio.

Chiusi la finestra della posta elettronica e tornai a guardare il manoscritto.

"Vorrei riuscire a scrivere ancora un po' prima dell'alba...".

Invece, neanche quella notte feci grandi progressi.

2

«Ecco cosa succede ad andare nei luoghi infestati solo per divertimento…».

La voce di Mina si era rotta sul finale.

«Pensi sia stata l'ira di uno spirito? Che stupida. La sua morte è stata una pura coincidenza».

Kazunori sbuffò e si mise a ridere, eppure la sua espressione era più tesa che mai.

Sospirai. Come temevo, il manoscritto non era affatto interessante.

Certo, è difficile giudicare da soli la propria opera. Ma se l'autore stesso la ritiene noiosa, difficilmente il lettore la troverà avvincente. Da scrittrice, ammetto che non c'è nulla di meglio del successo commerciale, ma qualora non ci siano risultati da quel punto di vista, vorrei perlomeno offrire qualcosa che io trovi stimolante. Altrimenti, scrivere romanzi non avrebbe alcun senso per me.

Scoraggiata, cancellai le poche righe appena rilette. Non saprei dire da quanti giorni, ormai, stessi ripetendo la stessa routine. Me ne resi conto davvero soltanto quando i fiori di ciliegio erano già caduti e il calendario del computer indicava la metà di maggio. Grazie a un rapido conto, capii di avere ancora una buona dose di tempo a disposizione prima della scadenza, ma sapevo bene che, se avessi continuato così, i giorni e le notti sarebbero scorsi via in un batter d'occhio. E io non avrei mai ultimato il testo.

Riaprii la finestra delle email. Ogni volta che scrivevo e cancellavo qualche riga, per risollevarmi il morale andavo a controllare la posta in arrivo o, se non trovavo nulla di rilevante, sbirciavo nel blog di qualche conoscente. Peccato che, nei momenti peggiori, aprissi la casella ogni pochi minuti, per cui la probabilità di trovare nuovi messaggi si abbassava drasticamente. Anche quel giorno l'avevo già controllata diverse volte. Tuttavia, quando senza aspettative tornai ad aprirla, sullo schermo balzò ai miei occhi un'email non letta.

Il mittente era Yaguchi.

Destinatario: Kazuno Minami

Buonasera! Sono Yaguchi!

Scusa se ti scrivo così, all'improvviso, ma vorrei chiederti un parere.

Il fatto è che l'altro giorno io e i miei amici ci siamo recati in un luogo a dir poco spaventoso, per tentare una prova di coraggio... È così che si dice, no? Era un edificio in rovina, terribilmente inquietante. Eravamo a tal punto impressionati che, sulla strada di ritorno, ci siamo fermati tutti in un santuario per purificarci. È stato un sollievo liberare i nostri corpi e le nostre menti da quell'angoscia. Tuttavia, da allora abbiamo notato che continuano ad accaderci cose strane, una dietro l'altra.

Per questa ragione, ti scrivo. Vorrei davvero un tuo consiglio, Kazuno. Io non ne so molto, e sono spaventata, tu invece possiedi abilità da sensitiva, giusto?

Te lo chiedo per favore: possiamo incontrarci a breve?!

Nella speranza tu possa aiutarmi, ti informo già sulle mie disponibilità. Sappi che qualsiasi giorno feriale a partire da mercoledì della prossima settimana, dopo le otto di sera, per me andrebbe bene. Dopo tanto tempo, potremmo cenare insieme dalle parti di Shinjuku.

Che ne dici?

Immagino tu sia molto impegnata, per questo ti ringrazio sin da ora per l'aiuto che vorrai darmi.

Resto in attesa di una tua risposta.

Yaguchi Asako

«Ah!», esclamai di getto.

Che diamine aveva combinato Yaguchi? Una prova di coraggio? Un luogo terribilmente inquietante?

«Ma come, non lo trovavi "divertente"?», commentai con sarcasmo.

Al suo messaggio precedente, mi ero limitata a una risposta di cortesia. Senza menzionare i santuari, avevo rifiutato con gentilezza l'invito, appellandomi al troppo lavoro e spiegando che per il periodo a venire non sarei stata disponibile. In seguito, non avendo ricevuto sua ulteriore risposta, avevo tirato un sospiro di sollievo.

Non che con Yaguchi avessi mai avuto particolari problemi. Certo, in passato il suo continuo lamentarsi mi aveva esasperata, ma la ragione pratica per cui ci eravamo allontanate era stata l'incompatibilità dei nostri orari di lavoro. Nei fatti, non avevo un valido motivo per evitarla.

Eppure, mi sentivo a disagio. In passato, Yaguchi, Satomi e io uscivamo sempre tutte e tre assieme. Chiunque avesse un'idea, invitava le altre due. Quel giorno, però, Yaguchi aveva mandato un'email soltanto a me, senza coinvolgere Satomi. Era stato un gesto sensato, il suo. Dato che voleva parlare di fantasmi e di santuari, era comprensibile il motivo per cui avesse scelto me. Tuttavia, quella discriminazione, quella sua scelta fra me e Satomi, mi faceva esitare.

Inoltre, l'idea di ritrovarmi circondata dai suoi colleghi, o quello che erano, non mi entusiasmava. Non amo mescolare lavoro e vita privata. I contenuti che redigo sono in linea con i miei interessi, ma tengo separate le mie visite personali a templi e santuari dai sopralluoghi che faccio per ragioni di lavoro. Volendomi presentare ai suoi colleghi, Yaguchi, invece, scompigliava ogni confine.

"Proprio non la capisco...", pensai. Tutte le volte in cui eravamo uscite insieme, non le avevo mai parlato del mio lavoro. "Certo, essendoci conosciute per ragioni professionali, forse è inevitabile che i due campi talvolta si mescolino... Ma come avrà fatto a cacciarsi in una situazione tanto simile al romanzo che sto scrivendo proprio in questi mesi?", rimuginavo ancora.

Era inutile sforzarmi oltre. Non sarei mai riuscita ad avere una buona opinione nei confronti di chi visita luoghi infestati e finisce per vivere brutte esperienze. Nemmeno se si trattava di una mia vecchia amica.

Con tali pensieri ad affollarmi la mente, rilessi l'email ancora una volta.

"Potrei forse accettare... per raccogliere del materiale?", mi chiesi.

Dopotutto, mi trovavo in un punto morto del progetto proprio a causa della mia incapacità di comprendere le ragioni che spingevano le persone a intraprendere una prova di coraggio. Questo faceva sì che io fossi indiscriminatamente critica nei loro confronti, mi impediva di concepirne i comportamenti e di poterne valutare le azioni in modo obiettivo. Per riuscirci, forse, avrei dovuto conoscere qualcuno a cui piacesse mettersi in certe situazioni di pericolo. E grazie a Yaguchi mi si presentava l'occasione per farlo.

Mentre fissavo l'email, il mio cervello continuava a lavorare.

"Se li intervistassi, riuscirei a scrivere qualcosa di critico? Immagino che giocare fin da subito a carte scoperte potrebbe rivelarsi a mio favore, perché così facendo non avrò nulla di cui dispiacermi dopo. Se dovessi dar loro un consiglio, finirei comunque per fare un sermone. Al contrario, se dichiarassi in anticipo il mio punto di vista negativo, non dovrei imbattermi in grossi problemi e potrei sfruttare la loro vicenda per la mia storia".

Perlomeno, avevo trovato un pretesto valido per incontrarla. Non volevo lasciarmi sfuggire quell'opportunità. Con il manoscritto, in fondo, non stavo facendo alcun progresso, e incontrare Yaguchi e i suoi amici sarebbe stato senza dubbio più produttivo che continuare a fissare il portatile.

"Se la considero un'intervista, non avrò nemmeno l'ansia di dover conoscere nuove persone", mi dissi.

Inviai la mia risposta a Yaguchi. Le scrissi che accettavo di incontrarla e, perdendomi abilmente in qualche giro di parole, le feci sapere che ero contraria alle prove di coraggio.

Il giovedì sera della settimana successiva raggiunsi il ristorante di cucina cinese in cui avevamo concordato di incontrarci.

Con la stagione delle piogge alle porte, a Tokyo si susseguivano notti calde e umide. Nel caotico distretto Kabukichō di Shinjuku, l'atmosfera era asfissiante. Colpa dell'aria calda soffiata sui marciapiedi dai motori dei condizionatori degli edifici, ma anche del miscuglio di odori di cibo e lezzi umani che avvolgeva la folla per le strade.

Entrai nel locale trattenendo involontariamente il respiro. Al di là delle porte a vetri automatiche, l'aria condizionata era troppo forte e il freddo improvviso contribuì a mozzarmi il fiato. Mi guardai intorno, alla ricerca di Yaguchi. Lei si accorse subito di me e agitò una mano. Ricambiai il gesto e, percorrendo il tragitto verso il tavolo in cui sedeva, ne approfittai per studiarla. Aveva due occhi grandi, l'espressione entusiasta. In passato, la sua faccia era stata smunta e distaccata, di lei ricordavo soprattutto l'aria particolarmente misera, ma ora emanava un'energia vivace. Inoltre, pur arrivando dal lavoro, mi accorsi che non indossava una divisa, ma solo una maglietta a maniche corte blu indaco e un paio di jeans. Significava che il suo impiego le consentiva un abbigliamento simile.

Yaguchi era in compagnia di una donna e due uomini. Avevano tutti lo stesso aspetto informale e appena li raggiunsi fecero un leggero inchino per salutarmi.

«Quanto tempo!», esclamò allegra Yaguchi, poi mi invitò a sedermi.

«È da molto che siete arrivati? O forse ho capito male l'orario?», dissi.

Dopodiché, mi presentai agli altri tre. Ci limitammo a scambiarci i nomi. Avrei voluto sapere qualcosa in più sul loro conto, ma io per prima detestavo ricevere domande inquisitorie. Piuttosto che indagare sui loro profili, mi dissi che quella sera avrei fatto bene a mantenere le distanze.

Così mi sedetti di fronte a un uomo col pizzetto di nome Tazaki Masato. Aveva forse qualche anno in più di me ed era il tipico grassoccio da manuale, con volto e sorriso da bambino a contrastare il fisico da adulto. Chiunque l'avrebbe potuto soprannominare "Orso". Il tipo al suo fianco, invece, sembrava avere cinque, sei anni in meno di lui e si era presentato come Onodera Jun. Aveva un bell'aspetto e un umore allegro, forse fin troppo ostentato. La donna di fronte a quest'ultimo era Wakao Yuuko. Di lei mi colpì la pelle bianca e liscia.

Era senz'altro la più giovane tra noi, ma il suo atteggiamento lasciava trasparire una modestia e una riservatezza fuori dal comune.

I tre mi osservavano curiosi. Be', ciascuno di noi ha un suo personale modo di giudicare gli altri. Chissà come apparivo ai loro occhi. Non potevo saperlo.

A vederli così, però, dubitai presto di quel «Sono spaventata!» dell'email di Yaguchi. Forse era stata una menzogna per convincermi a incontrarli. Iniziai a chiedermi se quelle persone avessero davvero affrontato una prova di coraggio...

"Non hanno affatto un'aria tesa", pensai.

Avevo già fornito qualche consulenza spiritica in passato. Si era trattato per la maggior parte di piccoli fenomeni come incubi, sfortune ricorrenti e strane presenze in casa. Raramente le persone denunciano situazioni più gravi. Io, poi, non sono mica una medium, quindi non posso risolvere certi problemi. Provo soltanto a dare consigli sulla base delle conoscenze che ho accumulato grazie ai miei interessi personali. Malgrado ciò, che si tratti di un'allucinazione o di un errore d'interpretazione, in tutti i casi mi imbatto in persone davvero terrorizzate dagli eventi inspiegabili che turbano la loro quiete. Spesso chi rievoca un episodio spaventoso per chiedermi aiuto scoppia persino a piangere nel mezzo della conversazione, tanto è scosso e disperato.

Inoltre, chiunque mi venga a cercare perché ha vissuto momenti del genere, che sia un mio conoscente o un nuovo venuto, lo fa sempre parlando a bassa voce e con esitazione. «Ecco, ci sarebbe una cosa di cui vorrei parlarti...», sussurrano ogni volta, facendo calare nell'aria una strana nuvola di mistero.

La cosa mi faceva riflettere: "Di solito sono titubanti. Si chiedono se crederò alle loro disgrazie. Spesso pensano essi stessi di avere qualche rotella fuori posto, qualcosa che non va nella testa. E anche mentre li ascolto si preoccupano di quale possa essere la mia reazione, dubitano, a volte, di potersi fidare di me. È probabile che con un professionista andrebbero più sul sicuro".

Quando decidono di consultare un medium, di solito le persone sono già convinte che quanto accaduto sia qualcosa fuori dal normale. Ma con una persona ordinaria come me, la prima cosa di cui si preoccupano è se crederò o meno ai loro racconti.

Eppure... guardando le quattro persone che avevo di fronte sentivo che era una situazione diversa dal solito. Forse era perché aver vissuto quell'esperienza in gruppo dava loro qualche sicurezza in più. Sui loro volti, in effetti, si intravedevano esaltazione e impazienza, ma senza la minima ombra di inquietudine.

"Lo immaginavo...".

Come ho già scritto, per certe persone una prova di coraggio equivale a una gita in un luogo infestato. Un'attività da fare per divertimento, che evoca una paura non affatto diversa da quella che si prova nella casa dell'orrore di un parco giochi.

Dunque, al loro cospetto mi sentivo già delusa. Sebbene il mio intento fosse quello di intervistarli per raccogliere materiale per il libro, nutrivo anche il puro desiderio di ascoltare qualche valida storia di fantasmi. È il motivo per cui faccio questo lavoro, dopotutto. Non disdegno affatto le avventure di paura. Detesto l'idea di viverle in prima persona ma, sebbene essere consultata al riguardo sia un peso per me, ascoltare qualche autentica testimonianza in materia di fantasmi mi appassiona da sempre.

Con quella combriccola, però, c'era ben poco da sperare.

"Farei meglio a viverla come una semplice bevuta tra amici?".

In tutta onestà, ero amareggiata, ma non mi sarei mai divertita se avessi pensato solo al mio tornaconto. Non conoscevo affatto i miei commensali, ma il cibo disposto sulla tavola sembrava squisito. Dopo un brindisi a base di birra Tsingtao, allungai le bacchette verso la seppia saltata in padella con salsa di ostriche. Se non altro, avrei potuto godermi quel pasto appetitoso.

I quattro parevano tutt'altro che intenzionati ad andare dritti al punto. Piuttosto, mi parlarono un po' delle loro vite e di ciò che pensavano dei miei libri. Lavoravano per un'azienda che trattava generi alimentari d'importazione, venduti ai clienti tramite il loro negozio al dettaglio, a Ichigaya, e nel ristorante specializzato in curry situato sulla stessa strada. Le due attività erano una accanto all'altra, ma i gestori erano diversi. Orso Tazaki era il responsabile del negozio di alimentari, mentre Onodera lavorava lì part-time. Yaguchi faceva parte del personale addetto alla gestione del sito internet e dell'email aziendale.

«Scrivo dei contenuti. Ricette di cucina, guide culinarie...», spiegò sorridendo imbarazzata.

«Capisco. Ecco perché conosci ristoranti buoni come questo», dissi senza piaggeria.

Di sicuro, per scrivere su quel sito Yaguchi poteva sfruttare le competenze acquisite lavorando per la casa editrice di guide. Il nuovo impiego sembrava piacerle molto.

Osservando meglio la combriccola, ebbi la conferma di una mia teoria, ovvero che le persone con una propensione per tutto ciò che è esotico sono solitamente attratte dalla religione. Anche Yaguchi pareva essersi avvicinata a tali pratiche, a giudicare dalla sua maglietta blu indaco abbellita da una fantasia con caratteri runici. Onodera, invece, indossava due rosari al polso sinistro: uno di cristalli di quarzo e l'altro di onici e occhi di agata.

"Saranno degli amuleti?".

Se c'era qualcuno informato in materia, quella ero io. Si dice che ognuna di quelle tre pietre allontani spiriti e pensieri malvagi. Tuttavia, influenzata dai miei pregiudizi, appena notai quei dettagli provai soltanto una certa irritazione.

"Se hai paura di demoni e compagnia bella, perché partecipi a una prova di coraggio?".

Ragionandoci su, assaggiai gli spinaci appena arrivati al tavolo.

Fu un po' più tardi, quando tutte le pietanze erano già state servite, che Yaguchi e i suoi amici entrarono finalmente nel vivo della questione. Il primo a rompere gli indugi fu Tazaki. Si schiarì la voce, alzò le spalle e cominciò a parlare.

«Immagino che Yagu ti abbia già informata: di recente noi quattro abbiamo affrontato una prova di coraggio. E, quel giorno, è accaduto qualcosa di strano».

«Da quanto ho capito, nonostante vi siate purificati a dovere in un santuario, continuate ad avvertire sensazioni spaventose». Senza smettere di mangiare, sollevai lo sguardo su di lui.

«Sì. Per questo volevamo consultarti... Tu puoi vederli, non è così, Kazuno?».

Gli occhi di Tazaki si assottigliarono in un sorriso, che ricambiai.

«Non sono esattamente una medium», mormorai.

Certo, sin da bambina mi capita di avvistare cose strane, ho anche scritto delle opere basandomi su tali esperienze, ma non ho i poteri di una sensitiva. Non possiedo una vera e propria abilità, né riesco a stabilire un vero contatto con le entità che riconosco. Io posso vederle soltanto. In altre parole, ho buone doti percettive, ma non sono in grado di comprendere la vera natura di ciò che scorgo né influenzarlo in qualsivoglia modo.

Ciononostante, in pochi conoscono la differenza tra me e una medium. Di conseguenza, solo perché ammetto di vedere certe cose, la gente mi si rivolge con la speranza di risolvere i suoi problemi. Io stessa mi sono resa conto dei limiti delle mie doti soltanto quando mi sono trovata di fronte a veri e propri medium. Da allora, a ogni occasione, sottolineo il fatto che io *vedo soltanto*.

Anche quella sera avrei potuto dire lo stesso e bloccare sul nascere il loro entusiasmo.

Ma volevo saperne di più.

Temevo che, se li avessi contraddetti fin dal principio, non avrebbero condiviso con me i dettagli della loro disavventura. Quindi restai volutamente sul vago e attesi il prosieguo del racconto.

Come mi aspettavo, Tazaki ignorò il mio ambiguo avvertimento e cominciò a riportare i fatti così come si erano svolti.

3

La prova di coraggio aveva avuto luogo subito dopo la Golden Week. Durante il periodo festivo il negozio era rimasto aperto, perciò i quattro si erano presi dei giorni liberi la settimana successiva per andare tutti insieme alla Prefettura di Gunma. Una volta raggiunta, si erano incamminati verso un edificio abbandonato costruito non molto tempo prima e divenuto celebre sul web a causa delle voci che lo tacciavano d'essere un luogo *infestato*.

«Su internet non si parlava d'altro! Dicevano che c'era un'alta probabilità di vedere qualcosa di paranormale. È l'impianto di una vecchia fabbrica, ma il terreno originario ha un passato più antico. Senza saperlo, degli acquirenti estranei al villaggio nelle vicinanze hanno rilevato la terra e costruito una segheria e degli alloggi, ma qualcosa di oscuro ha colpito gli impiegati e i loro familiari non appena la struttura è stata aperta. Uno dopo l'altro, infatti, coloro che vi lavoravano sono caduti in disgrazia. Molti si sono suicidati, altri ammalati e altri ancora hanno sviluppato disturbi psichici. In breve tempo l'azienda è andata in bancarotta e pare che anche il presidente, caduto in rovina e rimasto solo, si sia impiccato», riportò Tazaki.

Mentre l'ascoltavo, aggrottai le sopracciglia.

«E queste informazioni da dove provengono, per la precisione?»

«Dalla bacheca di un forum online! Tutte fonti attendibili, si intende», rispose lui aprendosi in un sorriso.

Non credeva neanche alla metà delle notizie che mi aveva riferito, ne ero certa. Trovavo impossibile che fosse tanto ingenuo da affidarsi ciecamente a un forum al quale accedeva un alto e non specificato numero di utenti.

Sebbene fossero poco attendibili, però, i resoconti delle persone che avevano visitato il luogo sembravano fomentare il suo entusiasmo.

«Qualcuno ha anche caricato delle foto scattate alla segheria. Hanno catturato volti, luci e vapori... Quando le ho mostrate a Onodera, ha proposto subito di andarci!».

«Non avevo mai visto una vera foto di fantasmi», confermò Onodera, annuendo e incrociando il suo sguardo con quello di Tazaki. Disse anche di avere l'hobby della fotografia e che, vista la sua discreta competenza, era sicuro di saper distinguere le immagini di fantasmi contraffatte. «Alcune foto sembravano autentiche. Perciò, non avendo mai immortalato nulla del genere in vita mia, volevo provarci anch'io». Onodera rise scuotendo le spalle.

Insomma, per lui, il fine ultimo della spedizione era imprimere frammenti di spiriti nei suoi scatti.

Annuii guardandolo e poi spostai l'attenzione su Wakao. A quel punto, mi chiedevo quale interesse avesse spinto lei a partecipare alla prova di coraggio.

«Yaguchi...», cominciò lei, ricambiando il mio sguardo. Sbatté ripetutamente le palpebre e sorrise abbassando le sopracciglia. «Non le piaceva l'idea di essere l'unica donna, così mi ha chiesto di accompagnarla».

«Quindi tu non eri interessata alla prova di coraggio?», le domandai, cercando di suonare professionale.

«Be', il viaggio in auto si prospettava piacevole. E se non mi fossi divertita, sarei sempre potuta scendere a metà strada e tornare in treno».

«Ora dice così, ma alla fine era Wakao quella più eccitata», obiettò Yaguchi scoppiando a ridere.

Wakao sbatté di nuovo le ciglia e nascose lo sguardo dietro al boccale di birra.

"Non sembrano andare d'accordo, queste due...", pensai.

Senza badare ai loro battibecchi, invitai Tazaki a proseguire. Lui estrasse una mappa da una borsa in tessuto e continuò a parlare mentre l'apriva. Quella mattina si erano incontrati davanti al negozio, poi si erano messi in viaggio, guidando fino a destinazione. Sfortunatamente, durante la Golden Week c'erano stati dei temporali e, sebbene a Tokyo fosse già tornato il sole, nel nord del Kantō, per quanto con minore intensità, la pioggia persisteva. Così avevano dovuto fare una sosta a Nagatoro ed erano ripartiti per la loro meta appena prima che calasse sera. La destinazione era sì a Gunma, ma vicino al confine con Saitama. Avevano pianificato di arrivare attorno al tramonto, ma la strada si era rivelata più lunga del previsto e, da un certo punto in poi, era diventata un vero e proprio sentiero montano.

«A pensarci meglio, trattandosi dei resti di una segheria, era naturale che si trovasse in montagna. Dalla cartina, però, non si capiva bene, così ci siamo ritrovati a risalire una strada tortuosa e sconosciuta».

Tazaki scostò i piatti della cena e distese la cartina sul tavolo. Guardando il punto cerchiato in precedenza con una matita, notai che le curve altimetriche erano molto dense. Mi sporsi in avanti per osservare meglio la mappa. Non sono un'esperta, ma ho dovuto imparare a leggere le cartine geografiche durante le mie attività di ricerca e quando dovevo raccogliere materiali. In generale la trovo un'abilità utile anche in contesti estranei al mio lavoro, perché amo viaggiare e mi diverte studiarle.

La zona evidenziata si trovava su una strada all'interno di una prefettura, ma appariva come una valle circondata da montagne. Forse avevano pensato si trovasse in pianura per via del campo da golf segnalato nelle vicinanze, oppure avevano semplicemente letto male la mappa. Tuttavia, se fosse stata riportata l'altezza della montagna lì vicino, probabilmente anche loro se ne sarebbero accorti per tempo. Invece, attorno a quel punto, c'era soltanto il nome di un villaggio scritto in caratteri minuscoli, e mi ritrovai ad ammettere che ben poco su quella cartina suggeriva si trattasse di una zona montuosa.

Poco distante, comunque, vi erano montagne alte circa mille metri. E il percorso che avevano imboccato proseguiva oltre, salendo proprio verso quelle vette, dunque avrebbero dovuto considerare questi dettagli. In ogni caso, dovevano aver raggiunto un'altitudine non troppo elevata, attorno ai cinquecento metri.

«Non faceva freddo?», chiesi, notando un torrente scorrere lì accanto.

«Eccome!», affermò Yaguchi.

Più erano saliti più la temperatura era crollata rapidamente, complice la pioggia che aveva continuato a cadere fin dopo il calar del sole. In macchina, Yaguchi aveva retto al gelo grazie al riscaldamento, ma una volta scesa, poiché non indossava nemmeno una giacca, aveva preso a battere i denti senza sosta.

«Spento il motore e con le torce elettriche in mano, siamo scesi in fretta dall'auto. Tazaki e Onodera devono avere una temperatura corporea più alta di me e Wakao, perché loro stavano bene», spiegò.

Per fortuna, le donne avevano recuperato dal bagagliaio un ombrello, sotto il quale si erano strette mentre gli uomini, in testa, facevano loro strada verso la fabbrica abbandonata.

«Era buio pesto e non c'era nessuno», osservò banalmente Onodera con un sussurro.

Erano appena le sette di sera. In città non faceva grande differenza rispetto al giorno, ma lassù, in montagna, suoni e colori erano già spariti e non vi era altro che desolazione e buio. Lungo il tragitto in auto avevano notato qualche casa isolata, ma nei pressi della segheria non ce n'era nemmeno una. Soltanto il bagliore di un lampione elettrico in lontananza concedeva loro un minimo di visibilità.

Un cancello di ferro arrugginito segnava il confine tra la strada e la segheria. Si erano accorti all'istante che non era chiuso a chiave. Era stato forzato da intrusi giunti a ficcanasare prima di loro?

Approfittando della situazione, la comitiva aveva varcato l'ingresso.

Uno spiazzo piuttosto grande era stato spianato con il cemento subito dopo l'entrata. In passato era stato probabilmente destinato al parcheggio di camion e altri veicoli; ora presentava delle crepe qua e là, dalle quali spuntavano alte le erbacce. Di fronte al piazzale, si ergeva un edificio destinato agli uffici. Sulla destra, un laboratorio dalla struttura in ferro. A confermare le dicerie, sulla sinistra vi erano anche degli alloggi, la sola costruzione in legno e in stile tradizionale giapponese in quel panorama. Tutto quanto era pericolante, crepato, arrugginito, sfondato e ricoperto di edera e vegetazione infestante.

«Avvicinandoci al laboratorio, abbiamo intravisto legname e altri materiali gettati a terra alla rinfusa. Era tutta roba annerita e quasi del tutto avvolta dall'erba incolta, bisognava osservare con attenzione per individuarla. Così abbiamo fiancheggiato l'edificio, diretti per prima cosa agli uffici».

Tazaki proseguì con le spiegazioni. Secondo le informazioni raccolte sul web, il punto in cui si manifestavano gli spiriti non era sempre lo stesso. Un testimone affermava di aver visto l'ombra di un operaio negli uffici; un altro di aver sentito una voce di donna provenire dagli alloggi. Anche le segnalazioni all'esterno degli edifici abbondavano per varietà: da ammassi di materia scura in movimento a violenti schianti di legname rovinato al suolo.

«Ciò detto, la maggior parte degli autori dei post sul forum non ha visto nulla di persona. Riportano soltanto le voci di amici e conoscenti. Se poi si recano davvero sul posto, si limitano a descrivere sensazioni di paura o di pericolo. Questo è quanto, su per giù», disse Tazaki in tono canzonatorio.

Ebbi l'impressione che passare per uno che credeva ai fenomeni paranormali gli creasse un forte imbarazzo. Cercava di mantenere quell'atteggiamento spavaldo, come se tutta la situazione fosse un gioco per lui, ma io, mentre lo ascoltavo, sentivo un peso fastidioso sullo stomaco. Era una sensazione simile all'ansia.

"Qualcosa mi inquieta…", pensai, cercando di analizzare quello che provavo.

Tazaki aveva semplicemente elencato le informazioni postate nel forum, sottolineando che erano banali voci non supportate da alcuna esperienza diretta. Eppure, io percepivo un fondo di verità in quei racconti. Non avrei saputo dire il perché. Essendo più timorosa di quanto la gente possa pensare, poteva darsi mi fossi soltanto fatta intimorire, lasciando correre troppo la mia immaginazione.

No, quella era la giustificazione che avrebbe trovato un codardo.

Io conoscevo bene quella sensazione. Era la stessa che si prova quando in strada si sente di colpo una frenata improvvisa, magari seguita da un urlo soffocato. La stessa di quando un'ambulanza si ferma davanti casa di un anziano che vive da solo. Lo stesso tumulto interiore che avevo avvertito quando a Tokyo erano giunte le vibrazioni del grande terremoto di Kōbe, un'inquietudine mai provata prima…

Avevo il presentimento che qualcosa di terribile stesse per accadere. Ecco quello che sentivo. Soltanto che le ragioni e le conseguenze non mi erano ancora chiare. In altre parole, stavo avendo una sorta di premonizione.

Accennai un sorriso e lo spronai a proseguire. «Quindi, cos'è realmente accaduto in quel posto?»

«Un bel nulla», si intromise Yaguchi.

«Sul fatto che sia un luogo inquietante non vi è alcun dubbio, ma noi non abbiamo assistito ad alcun fenomeno paranormale».

Dissero che gli uffici erano a soqquadro, con scrivanie e sedie sparse ovunque. I vetri delle finestre erano rotti e una grande quantità di documenti giaceva qua e là sul pavimento.

Avevano concluso dovesse trattarsi del brutto scherzo di qualche altro gruppo andato fin lì per una prova di coraggio. In effetti, l'intonaco sulle pareti era ricoperto di graffiti. Qualcuno si era preso la briga di andare lassù munito di bombolette spray. Quei murales rendevano gli interni bui ancor più sinistri, ma rivelavano anche il livello d'intelligenza di chi partecipava a spedizioni del genere.

«Non appena ho realizzato che mi stavo comportando come gente simile, ho perso subito ogni entusiasmo», affermò Yaguchi con un sorriso amaro, alzando le spalle. «Cosa ci è saltato in mente, alla nostra età?!».

Pur biasimando sé stessi per aver fatto tutta quella strada per motivi tanto futili, i quattro avevano deciso di non lasciarsi abbattere e di continuare l'esplorazione. Le due donne, però, avevano presto iniziato a non sopportare più il freddo e a insistere per tornare indietro, così i quattro avevano lasciato gli uffici per dirigersi in fretta verso gli alloggi e poi fare dietrofront. Come detto, l'edificio malridotto era in legno, e di stile piuttosto classico. La soglia rialzata dell'ingresso era costituita da una solida asse di cipresso giapponese. All'epoca della sua costruzione, doveva essere stata una sontuosa abitazione.

Ma era passato molto tempo dai suoi giorni di gloria. Trattandosi di alloggi in puro stile tradizionale, rispetto agli uffici avevano conservato meno della loro forma originale. Non c'erano graffiti a imbrattarli, ma ciò che più li aveva sorpresi erano i bambù e gli alberi di diversa specie cresciuti ovunque, spuntati addirittura attraverso i *tatami*, dal sottosuolo.

«Era come se un'intera foresta si fosse impossessata dell'edificio», disse Onodera.

Le piante erano cresciute rigogliose anche all'interno del laboratorio, ma nulla di paragonabile rispetto a come avevano prosperato nella casa, che sembrava essersi fusa con le montagne circostanti fino a divenirne parte. L'unica zona accessibile era il corridoio che conduceva dal soggiorno alle stanze. Non si erano certo sfilati le scarpe, prima di entrare. Avanzando, avevano scoperto che sul retro la vegetazione si infoltiva sempre più, tanto che il fogliame e i rami secchi dei bambù inclinati avevano impedito loro ulteriori perlustrazioni.

Onodera si era graffiato una mano sfregando contro le foglie di bambù. Tazaki era stato accerchiato da un nugolo di zanzare tigre. Erano dunque stati quei fenomeni reali e tangibili a costringerli a tornare di corsa sui loro passi.

«A quel punto, mentre facevamo per andarcene, Wakao ha cominciato a urlare», disse Tazaki cercando la ragazza con la coda dell'occhio. «Ha strillato all'improvviso, poi ha spintonato Yagu, che era dietro di lei, e ha fatto uno scatto per allontanarsi. Quando le ho chiesto che aveva, ha puntato il dito nel groviglio dei bambù e poi è fuggita. Così ho rivolto la torcia nella stanza adiacente al soggiorno. Al di là dei cespugli, si intravedeva un altare buddista nero come la pece».

L'altare era di dimensioni piuttosto grandi. Le ante

aperte a metà rivelavano tre tavolette mortuarie impolverate, cadute l'una sull'altra. Soltanto le foglie d'oro che le contornavano e la campana a fianco brillavano, colpite dal raggio della torcia elettrica.

A quella vista, anche gli altri tre avevano urlato ed erano corsi a più non posso verso la macchina.

«Non è certo normale che delle tavolette mortuarie fossero state abbandonate a quel modo», commentò Yaguchi abbassando la voce.

Dopo aver bevuto un sorso di birra ormai tiepida, Tazaki si sporse di nuovo in avanti. «A casa, ho subito controllato su internet, e non ho trovato nulla al riguardo. Sembra proprio che siamo stati i primi a essersi spinti sul retro del soggiorno», disse, dandosi delle arie.

Passai con lo sguardo su tutti e quattro. Wakao aveva un'espressione seria in volto. Yaguchi aveva la fronte aggrottata. Onodera se ne stava a braccia conserte e fingeva disinvoltura. Tazaki, infine, continuava a sorridere.

«Tornati alla macchina, eravamo tutti e quattro devastati dalle punture di zanzare», disse sollevando la manica della maglietta per farmi vedere i segni ancora visibili. Aveva uno sfogo rossastro sul gomito destro, dove sembrava essersi grattato. «Il prurito era così intenso che abbiamo deciso di filare dritti in città per andare subito a comprare delle medicine in farmacia. Tuttavia, appena siamo partiti, Wakao ha cominciato a sentirsi male. È stato a quel punto che Yagu ha proposto di purificarci».

«Anche io non mi sentivo bene», si intromise Yaguchi. «La cartina riportava poco più avanti il simbolo di un *torii*. Sembrava fosse ad appena dieci minuti di macchina, quindi ho suggerito di raggiungerlo».

«Siete andati in un santuario di notte?!», dissi con tono di voce forzatamente allegro, mentre il peso sul mio stomaco aumentava.

Yaguchi rispose con un risolino, annuendo ripetutamente.

«Ora te ne parlo in tutta tranquillità, ma in quel momento la situazione era grave e dovevamo fare qualcosa».

«Oh…».

«Appena giunti sul posto, abbiamo fatto un esorcismo. Solo allora ci siamo finalmente calmati».

«Un esorcismo? Cioè, che cosa avete fatto?»

«Io e Onodera abbiamo recitato lo *Ōharae*».

«Lo *Ōharae*? Intendi dire, a memoria?»

«Proprio così», rispose con un deciso cenno di assenso.

«Oh…», mormorai per la seconda volta, passando con lo sguardo da Yaguchi a Onodera.

Sul volto di quest'ultimo comparve una vaga espressione di fierezza, le braccia ancora incrociate.

Corrugai la fronte un istante. Lo *Ōharae* è un *norito* celebre, ma piuttosto lungo. Saperlo recitare a memoria significava averlo letto più volte al giorno per un bel po' di tempo. Di base, dei principianti non potrebbero mai svolgere un rito del genere di punto in bianco. Ai santuari, la gente comune batte le mani e prega a occhi chiusi esprimendo dentro di sé la propria devozione.

È anche vero, però, che di recente ho notato sempre

più persone recitare *norito* nei santuari o mantra nei templi. L'atto in sé non ha certamente nulla di disdicevole, ma talvolta sono stata testimone del comportamento arrogante e dell'atteggiamento altezzoso di alcuni. In virtù della loro conoscenza, credono di appartenere a una cerchia superiore rispetto ai comuni visitatori. Così, senza alcuna considerazione per il disturbo che arrecano agli altri, recitano *norito* a voce alta o affollano in gruppo e per lungo tempo le sale di culto. In alcuni casi, si siedono a metà dei gradini di pietra in pseudo-meditazione, ostacolando fisicamente la visita alle altre persone.

In poche parole, sono dei maleducati. E il loro numero, negli ultimi tempi, è aumentato.

Il problema non è essere virtuosi o meno. Credo che chiunque sia incapace di considerare gli altri e ignori l'etica comune non sia nella posizione di parlare dei *kami*.

Ecco come la penso. Per questo, in tutta onestà, provai un certo disagio nel constatare che le persone di fronte a me conoscevano il *norito* a memoria.

"Yaguchi è stata forse influenzata da Onodera?", mi chiesi.

Che si comportassero allo stesso modo anche nei santuari in città?

Sperando che il buon senso delle ragazze fosse ancora intatto, mi rivolsi a entrambe facendo attenzione a non suonare sarcastica: «Quindi, nonostante l'esorcismo eseguito con scrupolo, vi è accaduto qualcosa di strano dopo?»

«Sì, ma nulla di serio», rispose al loro posto Onodera, sciogliendo le braccia che aveva fin lì tenuto conserte. «Dopo essere tornati, Yuu... Wakao è finita a letto con la febbre, ma niente di preoccupante. Comunque, ho riguardato le strane foto che ho scattato alla segheria».

«Ah, sei riuscito a fare delle foto?»

«Sì. Negli alloggi ho avuto giusto il tempo di immortalare l'ingresso, ma nelle altre zone ho fatto diversi scatti!», disse estraendo un portatile dalla sua borsa.

Aveva davvero intenzione di mostrarmi subito le fotografie? A quanto pareva, sì. Stava già preparando il computer, quando Tazaki gli diede un colpetto con il gomito.

«Non è solo Wakao a essere crollata. Anche l'auto si comportava in modo strano mentre rientravamo in città, no?»

«Esatto. Per quanto premessi sull'acceleratore, la velocità non aumentava», confermò Yaguchi.

«Forse era quasi finita la benzina», concluse sbrigativo Onodera, il quale, nonostante le precisazioni di Tazaki e Yaguchi, continuava a fissare il computer.

Le mie parole sembravano averlo offeso. Convinto di aver eseguito il rito di purificazione con successo, voleva persuadere tutti che quelli successivi fossero problemi irrilevanti.

"Dev'essere molto orgoglioso".

Che fosse lui stesso convinto di avere poteri psichici? Era la ragione per cui indossava elaborati rosari da polso e si vantava di saper distinguere le foto di fantasmi contraffatte?

"Ma se così fosse, allora perché chiamare me?".

Qualcosa non quadrava, ma non c'era bisogno di indagare subito. Afferrai il portatile che mi stava porgendo e guardai la cartella già aperta.

«Ti pregherei di scorrere tutti i file», mi disse con tono tranquillo.

Annuii in silenzio e appoggiai il PC sulle ginocchia. A causa delle condizioni di pioggia e dell'orario in cui erano state scattate, ossia dopo il tramonto, la qualità delle immagini era bassa. Notai fin dall'inizio che per ogni inquadratura esistevano due scatti, uno con il flash e uno senza. Era evidente che la priorità dell'autore fosse stata quella di catturare la presenza di fantasmi, senza badare all'effetto finale o a ottenere delle "belle foto".

Nel primo scatto senza flash, quasi tutto era avvolto nell'oscurità più fitta. Anche in quello successivo, realizzato con l'illuminazione, lo sfondo era sepolto nella notte, mentre in primo piano risaltavano soltanto il rosso dei cancelli arrugginiti e l'acqua piovana accumulata sul suolo in cemento. Erano senza dubbio foto cupe, ma al di là del mostrare rovine abbandonate immerse nel cuore della notte, non suscitavano particolare tensione.

Scorsi comunque i file osservando attentamente le immagini che ripercorrevano il loro cammino proprio come l'avevano raccontato, dalla strada sterrata all'interno del complesso.

Mi soffermai su una foto del laboratorio.

«Ah, degli *orbs*...», mormorai sovrappensiero.

«Già. Questa è piuttosto interessante», disse Onodera eccitato. «In molte appare qualcosa di simile».

Numerosi globi luminosi risaltavano sullo sfondo buio. Sfere dai colori sfumati come quelle vengono chiamate *orbs* e negli ultimi tempi sono riconosciute come fenomeni paranormali. Si tratta di un concetto importato dall'Occidente almeno dieci anni fa, ancora oggetto di diverse interpretazioni: c'è chi parla di spiriti divini e chi delle anime dei defunti.

Purtroppo, le foto di *orbs* non mi hanno mai entusiasmata. Non confuto le teorie a loro sostegno, è solo che da appassionata di storie di fantasmi trovo certe immagini piuttosto noiose.

Sarebbe più interessante ed evidente se nelle diapositive apparisse una persona che non era presente nel luogo dello scatto o se una parte del corpo di un soggetto che dovrebbe esserci fosse assente. Ma da una semplice sfera luminosa è difficile ottenere chissà quali impressioni, oltre a quella che la luce venga banalmente riflessa. La prima volta che ho visto un video di un *orb* in movimento, girato in Inghilterra o chissà dove, all'inizio di quella moda, ricordo di essere rimasta delusa all'idea che si facesse tanto clamore per un contenuto a così bassa tensione... La cosa peggiore è che, con l'affermarsi del fenomeno in Giappone, tra le foto paranormali la proporzione di immagini di *orbs* è aumentata vertiginosamente, e di conseguenza la qualità generale delle foto di fantasmi è peggiorata. Non nascondo che la cosa mi dà una certa noia.

E poi, la foto di Onodera era stata scattata all'esterno e sotto la pioggia. Non era necessario essere scettici per sospettare che fossero soltanto i riflessi delle gocce d'acqua. Tuttavia, mi trattenni dal giudicare e passai oltre, continuando la visione.

Anche la successiva ritraeva il laboratorio, con pallidi *orbs* poco più grandi dei precedenti sparsi qua e là. Osservando l'immagine, stavolta provai un senso di inquietudine. Non sapevo cosa avesse di strano, ma in qualche modo era diversa dalle altre.

Nonostante la curiosità, decisi di finire di scorrerle tutte, prima di commentare.

Mi accorsi che Onodera non aveva immortalato nessuna figura umana, nemmeno loro stessi. Si susseguivano soltanto scenari bui e lugubri, nei quali ogni tanto compariva qualche *orb*.

Trovai un'altra foto inusuale in cui, invece degli *orbs*, qualcosa di simile al fumo di una sigaretta fluttuava in un angolo dell'immagine.

«E questa?», chiesi a Onodera.

«Singolare, vero? È una panoramica dell'esterno fatta dall'ingresso degli uffici».

Gli scatti con i vapori biancastri fluttuanti erano un altro pezzo forte della fotografia spiritica. Quella nebbiolina, però, non era altro che una lingua sottile che si allungava a mezz'aria dalla sinistra dell'inquadratura.

"Se è a sinistra degli uffici... significa che proviene dalla direzione del laboratorio".

Con in mente la stessa sensazione d'inquietudine provata in precedenza, passai alla foto seguente. Di nuovo, la mia mano si fermò.

«La pioggia era aumentata all'improvviso», spiegò Onodera sbirciando il monitor.

Fitte gocce di pioggia coprivano l'intera immagine come fili bianchi disegnati su uno schermo nero. Ma non era stato l'effetto della pioggia a catturare la mia attenzione. Piuttosto, la stessa ansia provocata dalla foto del laboratorio.

«Dove l'hai scattata questa?»

«So che è molto scura e si fatica a vedere, ma l'ho fatta una volta tornati al cancello, inquadrando uffici e alloggi dall'entrata».

Dietro le tracce oblique della pioggia, riuscivo a distinguere la debole sagoma dell'ufficio, ma non la residenza. Era il troppo buio a non permettermi di vederla? No. C'era qualcosa impresso nell'immagine, un alone che offuscava i contorni degli alloggi... La fissai ancora attentamente.

"Che cos'è?".

Alla fine, rilassai lo sguardo. Era soltanto una sfocatura. Il tempo di esposizione prolungato doveva aver favorito qualche oscillazione delle mani di Onodera. A quel pensiero, assottigliai di nuovo gli occhi. Eppure, la sfocatura interessava soltanto la parte di sinistra dell'immagine, proprio dove si trovava la casa. La pioggia cadeva uniforme, ma, per quanto sullo sfondo i contorni dell'ufficio fossero definiti, la parte sinistra appariva distorta e sfumata dall'alto verso il basso.

Scorsi rapidamente il resto della cartella, e per ultima trovai la foto di un *torii*. Doveva essere il santuario presso cui si erano purificati. Sembrava che, a causa delle condizioni meteo, anche su quel luogo aleggiasse una nebbia sottile.

«*Santuario di montagna*», dissi leggendo la placca al centro del *torii*. «Un nome piuttosto anonimo, non trovate?».

Yaguchi scrollò leggermente le spalle.

Ricambiai il gesto annuendo e tornai allo schermo del portatile. «Ora vorrei dare un'altra occhiata».

La prima fotografia ad avermi colpita era stata quella del laboratorio invaso dalle erbacce. Ritornai velocemente indietro fino a recuperarla. La zona retrostante i punti luminosi era anch'essa stranamente fuori fuoco. Anche in questo caso, a un primo sguardo poteva sembrare un semplice scatto mosso, eppure i contorni degli *orbs* erano ben definiti.

Lanciai un'occhiata fugace a Onodera. Se era un esperto di fotografia, perché non me lo aveva fatto notare lui subito? Mi stava forse mettendo alla prova? O esisteva una spiegazione tecnica di quel fenomeno?

«Queste sono solo venute mosse o ci sono delle strane ombre?», gli chiesi appoggiando il PC sul tavolo e indicando le due immagini.

La bocca di Onodera si contorse in una bizzarra smorfia.

«È vero!», esclamò Yaguchi eccitata.

«Eh?», fece Tazaki sgranando gli occhi.

«Ma come, delle ombre...? Non ci avevo fatto caso», commentò Onodera con un'espressione indecifrabile.

«Lo vedi, allora? È un bene che sia venuta Kazuno!», disse soddisfatta Yaguchi dandogli una pacca sulle spalle.

Intuii che Onodera era stato contrario all'idea di chiamarmi. Immagino perché fosse convinto di aver eseguito l'esorcismo alla perfezione.

"Ecco spiegati i miei sospetti sul suo conto", mi dissi.

Eppure, avvertivo ancora un peso sullo stomaco. Alcune persone si accorgono di certi elementi racchiusi in fotografie del genere nel giro di pochi secondi, altre invece no, ed è normale se non si presta attenzione ai dettagli. Ma qualcuno alla ricerca di fantasmi come loro avrebbe dovuto essere attento a non lasciarsi sfuggire la minima anomalia.

Saranno stati senza dubbio distratti dagli *orbs* in primo piano e dalle gocce di pioggia, pensai in un primo momento.

E poi capii che quella non era l'unica ragione.

In effetti, lo avevo già visto accadere parecchie volte, in passato, e io stessa ne avevo fatto esperienza. Quando un soggetto non si accorge di un fenomeno inspiegabile, nonostante si manifesti in modo lampante agli occhi di qualcun altro, è perché non vuole farlo. O perché è egli stesso *vittima* dell'anomalia.

"Sarà questo il caso?".

Guardai Onodera, era piegato su un lato e si stava accendendo una sigaretta. Guardai Tazaki, sorrideva. Guardai Wakao, mi fissava. Il suo sorriso nervoso e il pallore del suo volto mi colpirono.

Senza dirle una parola, la interrogai con gli occhi.

Wakao stava per aprir bocca e rispondermi, ma…

La voce allarmata di Yaguchi risuonò al posto della sua.

«Oh no! Si è bloccato!».

4

Alla fine, non riuscii a chiedere loro il permesso di usare la nostra conversazione come riferimento per il mio manoscritto. Il fatto è che subito dopo era nato un acceso dibattito sul crash del computer. Avevamo iniziato a chiederci se fosse un altro fenomeno sospetto ed eravamo finiti per concludere così il nostro incontro, lasciando i discorsi precedenti in sospeso.

In ogni caso, per quel giorno il portatile non si sarebbe riacceso, dato che la batteria era morta. Onodera fu strigliato a dovere da Tazaki, perché si era dimenticato di caricarla, ma lui aveva insistito a dire di avere preparato tutto nei minimi dettagli e per questa ragione cercava di associare anche quell'imprevisto a un fenomeno paranormale.

Be', poteva anche essere così. Feci del mio meglio per non essere prevenuta nel giudicare la situazione. Tutto sommato, episodi di natura simile sono molto comuni, a proposito di fenomeni paranormali.

In realtà, a preoccuparmi maggiormente erano il mio manoscritto, che continuava a non fare progressi, e l'atteggiamento riluttante di Wakao. Curiosa di sapere cosa stesse per dirmi prima d'esser interrotta, le avevo consegnato il mio biglietto da visita al momento dei saluti. In effetti, la ragazza era rimasta perlopiù muta fino alla fine della serata. Al primo impatto, quando l'avevo incontrata, mi era apparsa riservata, ma non così diversa dagli altri tre. Avevo pensato che il suo essere taciturna fosse soltanto un tratto della sua personalità. Tuttavia, nell'ultimo sguardo che mi aveva rivolto... avevo letto puro terrore.

"Che sappia qualcosa in più degli altri?", mi ero chiesta.

Comunque la pensassi, non potevo negare l'interesse crescente dentro di me. Per quanto parli di raccolta dati, io stessa sono appassionata di occulto e racconti di fantasmi, perciò se una storia è abbastanza insolita provo il desiderio di ascoltarla a prescindere dalla sua utilità nel mio lavoro.

E poi, come spesso mi dicono, io sono impicciona per natura. Mi è già capitato fin troppe volte che, interpellata da qualcuno, mi sia cimentata in imprese impossibili, cacciandomi nei guai. Non lo faccio per un particolare senso di giustizia, ma semplicemente perché non so trattenermi, né dire di no. Ormai l'ho capito. Così, appena qualcuno mi dice di avere un problema mi ritrovo a dargli consigli e a girare qua e là in cerca di una soluzione, persino contro la mia stessa volontà.

"Cosa voleva dire Wakao?", continuavo a chiedermi. Non aveva forse l'espressione di chi stava per mettersi a piangere? Da ficcanaso quale sono, sentivo crescere la mia preoccupazione per lei.

Speravo che mi contattasse al più presto.

Ma il giorno dopo non ricevetti alcuna chiamata. E neppure il seguente.

"Forse ho solo frainteso…".

Passarono alcuni giorni, poi smisi di pensarci e tornai alla mia routine quotidiana, assediata da manoscritti e riunioni di lavoro.

Non ricevetti una singola email, né da Wakao né da Yaguchi. Quest'ultima non mi aveva mandato neanche un saluto o un ringraziamento dopo la cena a Shinjuku. Lo ritenni un comportamento sgarbato, visto che era stata lei a contattarmi e a invitarmi, ma non volli scomodarmi a inviarle alcun messaggio di cortesia. Se dovevamo perdere di nuovo i contatti, io non l'avrei impedito.

La telefonata arrivò quasi una settimana più tardi.

Erano appena passate le dieci di sera, quando suonò il cellulare. Guardai il display e lessi un numero sconosciuto. Normalmente lo avrei ignorato, ma quella volta accettai la chiamata. Immagino nutrissi ancora qualche speranza.

«Sono Wakao». La voce della donna che segretamente stavo aspettando giunse al mio orecchio. Udire il suo tono delicato provocò in me un immediato sollievo. «Ti chiedo scusa. Avrei voluto telefonarti subito, ma non riuscivo più a trovare il tuo biglietto da visita… Stavo giusto ricontrollando poco fa, quando finalmente è saltato fuori».

«Non preoccuparti», le dissi. «Sono stata io a volerti dare il mio numero, perché quella sera mi era parso che volessi dirmi qualcos'altro».

«Mi spiace», mormorò lei.

Sembrava mi avesse telefonato senza sapere bene cosa dire. Decisi, quindi, di guidarla ripercorrendo quanto successo quel giorno.

«Il computer di Onodera è tornato a posto?»

«No», rispose secca Wakao. «Alla fine, abbiamo scoperto che si era rotto. Ora è in riparazione, ma chissà... Non avendo salvato i file nella memoria della fotocamera digitale, le fotografie sono andate perdute, per il momento. Onodera dice che la colpa è delle foto stesse».

«Eh? Davvero?».

Avrei dovuto sentirmi dispiaciuta o sollevata per la sparizione di quelle immagini misteriose?

Proprio mentre mi convincevo che non fosse il caso di collegare subito quel guasto a un fenomeno paranormale, la sua voce mi raggiunse di nuovo.

«Avevo notato anche io le foto da te indicate, Kazuno. E l'ho detto anche agli altri, la prima volta che abbiamo guardato gli scatti tutti insieme».

«Quindi, loro sapevano già di quelle ombre?»

«Pensavo di sì. Ma quella sera, più tardi, con fare indifferente ho provato a chiedere loro cosa ne pensassero, e nessuno dei tre sembrava ricordare una singola parola di quanto detto tempo addietro».

Non volevano accorgersene o erano già delle *vittime*? Mi tornò in mente la mia spiacevole teoria al riguardo.

«Può anche darsi che non mi avessero presa sul serio, ma è stato davvero surreale».

«Capisco...», dissi accendendomi una sigaretta. «Allora, Wakao, cosa pensi di quelle immagini?»

«Cosa penso?»

«Le strane foto del laboratorio e della casa. Mentre eri sul posto, hai percepito qualcosa?».

Ora che la conversazione aveva preso la piega giusta, non potevamo continuare a sfiorare da lontano l'argomento dei fenomeni paranormali. Ecco perché avevo posto quella domanda tanto diretta.

Wakao cominciò a parlare senza esitazione. «Il laboratorio con il legname era semplicemente spaventoso. Le intere rovine erano terrificanti, certo, ma quella zona lo era in modo particolare... Non so spiegare bene, ma non appena vi ho posato lo sguardo ho avuto la pelle d'oca».

«E gli alloggi? Quando hai urlato e sei scappata, è stato a causa dell'altare buddista, giusto?»

«Altare buddista?», ripeté lei. «No... Io non l'ho nemmeno visto, l'altare buddista di cui loro parlano», continuò sospirando.

«Allora è stato perché anche quel punto era troppo raccapricciante di per sé?»

«No, non si trattava di questo». La ragazza esitò un momento, poi alzò la voce, come se avesse preso una decisione. «Da quello che ho visto io, non c'era nessun altare buddista lì».

«Eh?!», feci involontariamente con voce incrinata.

«Gli altri affermano di aver visto un altare, ma io non ho visto nulla di simile, pur rimanendo sempre al loro fianco».

«Allora la tua era semplice paura?»

«No», ammise Wakao. «Qualcosa c'era. Quando la torcia elettrica ha illuminato l'interno, ho notato un *tokonoma* sulla parete di fondo. Immagino che in passato non avesse nulla di strano, ma vedere un *tokonoma* spuntare in quella che era praticamente diventata una foresta di bambù mi è parso surreale e inquietante. Sembrava, per certi versi, una scena di fantasia, come quelle dei film. Vi ho puntato la luce che avevo con me per osservare meglio, ma all'improvviso… il *tokobashira*! Il pilastro verticale sul lato dell'alcova si è mosso, come se stesse per piegarsi. A quel punto mi sono spaventata e sono fuggita».

«E non c'era nessun altare buddista?», domandai piano.

«No, assolutamente», rispose Wakao con voce ferma. «A parte il *tokonoma*, erano pochi i punti in cui si poteva sbirciare la parete oltre i cespugli. Eppure, dopo essere usciti dalla casa, gli altri tre continuavano a parlare di quel terrificante altare buddista. Dunque, non potevo nemmeno essere certa che non esistesse».

Era una storia ambigua.

«È possibile che, in realtà, sia stata soltanto tu a vedere qualcosa di irreale, Wakao?»

«Certo, l'ho preso in considerazione. Perciò, ho cercato su internet tutti i post che parlavano di quelle rovine, finché non ne ho trovati alcuni che menzionavano il *tokonoma*. Erano persone che raccontavano di essere andate nel retro. Il capo sostiene che siamo stati noi i primi a spingerci tanto oltre in quegli alloggi, ma non è così. È giunto a quella conclusione soltanto perché nessun articolo sul web parla dell'altare buddista».

Spensi la sigaretta, avvertendo una leggera pelle d'oca. Il presentimento che qualcosa di terribile stesse per accadere tornava a farsi sentire.

Le immagini delle fotografie perdute riaffiorarono nella mia mente. Ricordavo tutto alla perfezione, fin nei minimi dettagli. Persino l'altare buddista aveva preso una forma definita, dopo i loro racconti.

«Che cosa dovrei fare, secondo te?». La voce dall'altra parte del telefono suonava preoccupata.

Stavo per risponderle di andare a purificarsi, poi mi ricordai che avevano già tentato quel rimedio, ed era stato inutile. Quei quattro erano corsi in un santuario e avevano persino recitato un *norito*.

Incapace di darle un suggerimento, la interrogai per ottenere ulteriori informazioni.

«Negli altri hai notato qualche stranezza da allora?».

Anche se in un luogo accadono fatti sinistri, finché non si verificano mutamenti nella vita di ogni giorno c'è poco da preoccuparsi. Io l'ho sempre pensata in questo modo. Per un medium professionista, probabilmente sarebbe diverso. Agli occhi di una principiante come me, invece, persino essere posseduti da una qualche entità potrebbe non essere così grave, se tale condizione non impedisce di trascorrere in pace la vita di tutti i giorni.

Il tono di voce di Wakao, tuttavia, rimaneva affranto. «Le punture d'insetto del capo sono peggiorate».

«Parli del braccio attaccato dalle zanzare tigre?»

«Esattamente. Non è ancora guarito, anzi, si è annerito e gonfiato. Gli è salita la febbre. Quando è andato all'ospedale gli hanno detto che non si trattava di semplici punture di zanzare, ma del morso di un qualche insetto velenoso. Hanno dovuto spalmare un unguento medicinale sullo sfogo ma, forse perché si era grattato già troppo, non ci sono stati segni di miglioramento. Da allora prova ancora forti dolori. E poi...».

«Cosa?»

«Yaguchi si comporta in modo bizzarro», continuò con un certo disagio. «Dalla notte della prova di coraggio, è particolarmente euforica. All'inizio, pensavo si trattasse di entusiasmo e buonumore, ma gradualmente... soprattutto dopo averti incontrata, ha cominciato a dimostrare di non essere più in sé. Quando siamo ancora in orario di lavoro, lascia il negozio e viene al ristorante perché vuole bere del *sake*... In più, stando a quando dice il capo, ha iniziato di punto in bianco a dare soprannomi ai nuovi clienti del negozio, prendendoli in giro mentre cerca di vendere loro prodotti costosi. Se quei poveretti rifiutano, lei comincia a gridare».

«Sul serio?!»

«Da quando la conosco, è sempre stata una persona allegra, ma mai così inappropriata!», soggiunse con veemenza Wakao.

«Be', in passato mi è sempre parsa eccentrica ogni qualvolta si lasciava coinvolgere troppo da qualcosa», provai a dire.

«Sì, però...».

«Ora non è normale. Lo capisco», convenni anche io.

Come ho già detto in precedenza, Yaguchi non aveva particolari remore a tenere atteggiamenti sconvenienti per gli altri. Nel periodo del suo precedente impiego, con me e Satomi non faceva che parlar male dei suoi superiori. Per quanto all'inizio potessimo empatizzare con lei, alla fine era diventato frustrante stare ad ascoltare le sue critiche rivolte a soggetti per noi sconosciuti, in quello che avrebbe dovuto essere un divertente giorno libero. Noi provavamo a cambiare argomento di continuo, lei però sembrava proprio non capirci, e dopo un po' riprendeva a sparare lagne come fossero pallottole di un mitra.

Di base, in ciascuno di noi è presente la tendenza a pensare "Ho ragione io" e "Capitano tutte a me", ma nessuno dovrebbe essere costretto a condividere il peso di ogni nostra frustrazione e di ogni nostra sfortuna. La maggior parte delle persone lo sa bene, se dotata di buon senso, eppure non sempre è così scontato.

Yaguchi non era in grado di afferrare una cosa tanto semplice. Dunque, non c'era da stupirsi se un tipo docile come Wakao fosse alla sua mercé. Quando qualche giorno prima li avevo incontrati tutti e quattro, avevo fatto caso al modo in cui Yaguchi si rivolgeva a lei scegliendo parole velatamente pungenti. Avevo ipotizzato che non andassero d'accordo, ma iniziai a intuire che non era quella la reale motivazione della tensione tra loro. Forse Yaguchi la trattava con superiorità perché non la riteneva una minaccia, e poteva darsi che Wakao non intendesse accettare quella situazione, motivo per cui era venuta da me a protestare. Malgrado le mie ipotesi, dovevo essere cauta, prima di simpatizzare per lei. Altrimenti rischiava di diventare l'ennesimo processo in contumacia. E non c'era motivo di tirare conclusioni affrettate e ostili nei confronti di Yaguchi.

Feci appello al mio tono di voce professionale e la interrogai sui suoi amici.

«In Onodera hai notato cambiamenti?»

«Non saprei», rispose con voce limpida, senza dar segno di particolari malumori. «Lui non si fa vedere spesso al ristorante di curry. In quanto part-time, il suo orario di lavoro è variabile, non ho molte occasioni di incontrarlo. Comunque, il capo non mi ha riferito nulla sul suo conto».

«Capisco. E tu stai bene, Wakao?».

A quella domanda, anche attraverso il telefono potei sentirla emettere un forte sospiro.

«Faccio sogni terribili», rispose.

«Che genere di sogni?»

«Non me li ricordo. Ho così tanta paura che, quando mi sveglio, ho il cuore a mille. Ma il sogno in sé non lo ricordo mai. La cosa ha avuto inizio quando sono tornata dalle rovine e, la sera stessa, ho avuto la febbre. Come ha detto Onodera, penso sia stato a causa del parecchio freddo che c'era tra le montagne. Da allora faccio incubi che poi dimentico, dai quali mi sveglio di colpo urlando. Mi chiedo se non sia sempre lo stesso brutto sogno che si ripete...».

«Capisco...».

Non riuscii a darle una risposta più sensata. Senza conoscere il contenuto degli incubi ricorrenti non potevo fare alcun commento, e Wakao aveva già abbastanza paura così. Dal suo modo di parlare contenuto, privo di qualsiasi esagerazione, percepivo il suo essere davvero scossa. Dirle di sforzarsi per rievocare quegli incubi avrebbe potuto addirittura provocarle maggior panico, e io non volevo assumermi una tale responsabilità, quindi evitai appositamente di chiederle altro.

Wakao mi chiese di nuovo lumi sulle prossime mosse. Decisi di condividere l'opinione che mi ero già formata.

«Non so cosa Yaguchi ti abbia raccontato sul mio conto, ma come ho detto a cena, io non sono una medium professionista. Talvolta vedo strane cose, ma non so esorcizzare le persone. Ti ho lasciato il mio biglietto da visita solo perché mi era parso volessi dirmi qualcosa in più».

Non volevo sembrare alla ricerca di scuse per non aiutarla, così proseguii.

«Tuttavia, dopo averti ascoltata stasera, sarebbe da irresponsabili dirti che non so cosa fare e basta. Sappi che non posso garantirti nulla e non so se sarò capace di aiutarti, però proverò a indagare un po' a modo mio. Nel frattempo, se dovessero accaderti cose spiacevoli, il mio consiglio è di non spaventarti subito. Allontana la tentazione di collegare tutto ai fenomeni paranormali. E, qualora si manifestassero eventi davvero inspiegabili, assicurati di parlarne soltanto con qualcuno di fidato».

«Ho capito».

Sentii di aver fatto bene a essere onesta, perché il tono di Wakao mi parve un po' più sollevato.

«In quel caso, potrò consultarmi con te, Kazuno?», aggiunse speranzosa.

«Non so se potrò fare molto, ma… a proposito, Onodera è il tipo che fa riti purificatori o roba simile?», le chiesi d'impulso, dato che mi era tornato in mente.

La voce di Wakao si incupì di nuovo. «È quanto sostiene lui. Io credo faccia qualcosa di sbagliato però».

«Lo dici perché il rito non ha funzionato?»

«Già, ma il fatto è che lui… insomma, quella sera ha sputato a terra proprio davanti al santuario!».

5

Aprii la mappa della Prefettura di Gunma. Andando spesso in trasferta per raccogliere i miei materiali, possiedo quelle di tutto il territorio. Scorsi le pagine seguendo la mia memoria finché non trovai il punto esatto. Tuttavia, la scala troppo ridotta e la rilegatura mi impedivano di determinare la posizione in cui un tempo sorgeva la segheria.

Quella che Tazaki aveva portato con sé al ristorante cinese era stata trovata su internet e poi stampata. Seguendo il suo esempio, digitai anche io il nome del luogo in questione nel software delle mappe. Modificai scala e area di indagine, per essere più precisa. A quel punto, com'era prevedibile, non trovai alcuna rovina, ma potei rintracciare la posizione del santuario che sorgeva lì vicino.

"C'è solamente il simbolo di un *torii*, ma penso sia giusto", mi dissi.

Cercare quel sito non sarebbe stato per forza utile a capire qualcosa. Avrebbe senz'altro soddisfatto la mia curiosità, ma nulla di più. Tuttavia, dal momento che avevo deciso di indagare, nutrivo anche la speranza di poter cogliere qualche indizio nascosto.

Osservai il territorio attorno al santuario. Dalla zona delle rovine, la strada della prefettura serpeggiava costeggiando un fiume e proseguiva su per la montagna. Il santuario era posizionato proprio al di sopra dell'impianto abbandonato. Uno stretto crinale correva tra uno e l'altro. Strada e fiume curvavano seguendo le pendici dell'altura.

Tuttavia, né il nome né l'altezza della montagna mi erano chiari.

D'altronde, esiste un'infinità di montagne, per tutto il Giappone, che non è stata registrata sulle mappe. Alcune sono di fatto prive di nome, altre ne hanno uno noto soltanto alla popolazione locale, che i forestieri scoprono per caso, magari la prima volta che giungono in visita. Nella maggior parte dei casi, però, le persone che abitano al di fuori di quelle aree, per quante mappe possano consultare, non potrebbero mai conoscerne i toponimi.

Ero convinta che anche per la montagna in questione valesse questo discorso. Dopotutto, il nome del santuario era "Santuario di montagna". Nulla di più anonimo. Inoltre, il simbolo del *torii* era disegnato sul fianco di un monte senza nome. A meno che in linea d'aria, dirimpetto al *torii*, non fosse presente un monte particolare, quel luogo doveva essere dedicato alla divinità della "Montagna innominata" che si innalzava alle sue spalle. Per gli abitanti del luogo, immaginai, il monte era un oggetto di culto degno della costruzione di un santuario in suo onore.

Una montagna del genere non poteva essere davvero anonima.

Andando a fondo nelle mie riflessioni, scorsi i toponimi nelle vicinanze. Provai a scendere un po' in direzione della città e vi trovai un punto chiamato *Sakai*, ovvero "confine". In direzione opposta rispetto alla montagna, un altro toponimo recitava *Kamiiwa*, cioè "roccia divina".

Annuii tra me e me.

Sakai era al centro, tra i monti e la città. Segnava il limite che separava il mondo secolare della città da quello spirituale delle montagne. Non ero in grado di verificare la presenza di una roccia o qualcosa di simile che corrispondesse a Kamiiwa. In ogni caso, era significativo che ai piedi della "Montagna innominata" si trovasse un villaggio il cui nome conteneva per primo il carattere di *kami*, che valeva a dire "divinità".

"Deve avere una storia molto antica", pensai.

«Quello stupido...». Le parole mi uscirono di bocca.

Ogni volta che ripensavo alle azioni di Onodera di cui mi aveva riferito Wakao, provavo rabbia. Finito di pregare, mentre scendeva i gradini in pietra, quell'idiota si era girato e aveva sputato in direzione del padiglione principale. Secondo Onodera, il gesto dello sputo era una sorta di incantesimo che avrebbe impedito alle entità impure di quel luogo di avvicinarsi e possederli.

Nella tradizione giapponese, in effetti, la saliva viene

utilizzata per allontanare gli spiriti malvagi. Su questo aveva ragione. Per esempio, la parola *mayutsuba*, ossia "saliva sulle sopracciglia", si usa per descrivere qualcuno che sta in guardia contro le frodi, e deriva dalla credenza secondo cui bagnarsi le sopracciglia di saliva protegga dagli inganni dei demoni. Da qualche parte ho anche sentito della pratica antigienica di rivestire di saliva i quattro pilastri principali di un edificio. Ma sputare in un santuario...

Mai sentito nulla del genere. Lo trovavo davvero inopportuno.

Onodera ripeteva forse lo stesso gesto ogni volta che recitava un *norito*?

No, non era un rituale che potesse compiere in un santuario ogni volta che vi entrava, soprattutto alla presenza di altri visitatori. Che avesse sputato verso il Santuario di montagna forte del fatto che essendo notte non l'avrebbe visto nessun altro?

In realtà, già in altre due occasioni Wakao sembrava aver visitato santuari di notte con Onodera. Anche allora aveva recitato dei *norito*, ma quella dopo la prova di coraggio era stata la prima volta in cui lo aveva visto sputare. Giusto o sbagliato che fosse, qualcuno con delle convinzioni così radicate non avrebbe cambiato condotta in base a chi aveva intorno. Ero infuriata dal suo opportunismo e dalla faccia tosta che aveva nel riconoscere che si trattava di un'azione sanzionata dall'opinione comune, mostrandosi allo stesso tempo noncurante di aver superato di proposito tale barriera.

"Gentaglia come lui crea solo problemi agli altri!", imprecai in cuor mio.

Mi aveva sorpresa la determinazione con cui Wakao aveva affermato quanto il suo gesto era stato sbagliato.

«Lo dici perché sei anche tu appassionata di santuari?», le avevo quindi chiesto.

Di rimando, lei mi aveva spiegato che, sebbene non fosse particolarmente osservante, la sua famiglia era di credo *shintō*. Dunque, sin da piccola, le avevano insegnato ad avere grande cura per luoghi simili. Il suo nome intero era Wakao Yuuko. *Yuu* è un riferimento al filo che viene appeso all'albero di *sakaki* durante i riti *shintō*. Da ciò, dedussi che i suoi genitori avessero una buona conoscenza in materia. Per giunta, quando le chiesi conferma, mi disse che la sua era un'antica famiglia di Wakayama.

"Che sia di nobile lignaggio?".

Essendo l'erede di una dinastia antica, da generazioni radicata nello *shintō*, per quanto non osservasse le pratiche religiose, Wakao doveva aver imparato molte cose crescendo. Questo significava che, nel gruppo, era lei l'unica davvero ferrata sull'argomento. Persino più di me.

Dunque, ora capivo perché le venisse naturale prendere le distanze dalle modalità di Onodera.

"Potrebbe persino essere una sensitiva", rimuginai.

Se ne fosse o meno consapevole restava un mistero, ma poteva essere quello il motivo per cui era stata lei l'unica a non vedere l'altare buddista.

Ed era forse perché vedeva lucidamente quanto stava accadendo, che si era spaventata più degli altri presenti sulla scena?

Questo avrebbe potuto significare che…

Sentii rizzarmisi i peli su tutto il corpo. Se i miei giudizi e le mie deduzioni su Wakao erano corrette, le rovine visitate da Yaguchi e compagnia erano davvero pericolose.

Ecco come stavano le cose.

La notte seguente telefonai a Satomi.

Lei era appassionata di trekking, per cui conosceva molto bene le montagne attorno a Gunma. Non credevo potesse conoscere il nome di una vetta tanto isolata, ma le guide specializzate per gli scalatori, a volte, includono spiegazioni molto dettagliate. Era ovvio che scoprire il nome della montagna non avrebbe risolto un bel nulla, ma io cercavo solo la conferma che si trattasse di un luogo sacro e speravo che i volumi in suo possesso si rivelassero utili al mio fine.

Non appena rispose, Satomi emise uno strano lamento.

«Oh, perdonami! Stavi forse dormendo?»

«Certo che no, sono solo stanca. Oggi c'erano gli sconti al supermercato. Ho comprato anguria, ravanelli e riso… ma era tutto così pesante!».

«Hai portato la spesa a mano? E il lavoro come va?»

«Stasera sono di riposo. E sì, l'ho portata a mano, ma devo aver trascinato troppo peso, perché se ora impugno il pennello la punta trema a più non posso. Non riesco nemmeno a disegnare!».

«Che esagerata!», dissi, cercando di trattenere una risatina.

Satomi riusciva sempre a farmi ridere. Adoravo la sua giovialità, ma in quel momento non mi sentivo del giusto spirito per assecondare le nostre chiacchiere su argomenti futili. Desideravo andare dritta al punto.

Forse era tutta colpa del sogno che avevo fatto. Di solito lavoravo fino alle prime ore del mattino, ma per qualche ragione la sera prima ero stata vinta dal sonno ed ero andata a letto presto. Una volta stesa, avevo rimuginato sulla vicenda di Wakao. Erano stati certi pensieri a condurmi fino a quel sogno terribile, che mi aveva svegliata di soprassalto, con il corpo scosso da tremiti violenti. Passandomi una mano sul collo, il palmo si era bagnato di sudore. E poi, restando immobile sul letto, nella camera buia, mi ero guardata attorno. Non c'era nulla. Non c'era nessuno. Era ovvio. Malgrado ciò, avvertivo una indescrivibile, densa aura di *minaccia*, che pareva fosse sfuggita dal sogno e avesse iniziato a fluttuare nell'aria.

Avevo acceso le luci della stanza, bevuto del caffè e fumato una sigaretta. C'era ancora tempo prima dell'alba, ma non me la sentivo di rimettermi a scrivere. Anche se la mia storia era completamente diversa dalle vicende di cui avevo appena appreso, non avevo alcun desiderio di lavorare a un romanzo su una prova di coraggio. Così ero rimasta sveglia senza fare nulla, a ripensare al sogno, finché i passeri avevano cominciato a cantare, i corvi a gracchiare e il sole era sorto del tutto.

Per quanto mi sforzassi, però, non riuscivo a ricordare quell'incubo.

"Non voglio diventare anche io una *vittima*", fu il primo pensiero che ebbi appena mi risvegliai dal secondo sonno.

Le dinamiche di quella notte erano state le stesse raccontate da Wakao. Dunque, quell'incubo dimenticato era stato provocato da qualcosa che aveva detto lei. A livello logico, lo capivo. Allo stesso tempo, non riuscivo a smuovermi da quell'unico pensiero.

"Non voglio diventare una *vittima*".

Per gettare un po' di luce sulla vera natura del terrore che si era insinuato in me, o almeno provare ad alleviarlo, avrei dovuto ottenere qualche indizio sulla vicenda nella quale ero rimasta invischiata.

«Pensavo di usare quel paesaggio di montagna come ambientazione per il mio romanzo!». Con quella piccola bugia, chiesi a Satomi di fare una ricerca.

«In che zona si trova?», chiese allora la mia amica.

«Dunque, se guardi la mappa della Prefettura di Gunma, la montagna maggiore nelle vicinanze dovrebbe essere lo Arafuneyama, ma sulla carta orografica dovrebbe essere nell'area di Chichibu», le spiegai nel dettaglio.

Dopodiché, consultando entrambe le mappe, procedemmo a ridurre l'area di ricerca, finché lei non esclamò: «Eccola, qui viene nominata! Promette bene!».

«Promette bene?»

«Si chiama *Iwaiyama*. La "Montagna delle celebrazioni", Iwaiyama. Potrebbe anche leggersi "Iwaisan", ma non suona bene come nome per una montagna».

«Iwaiyama...», mormorai mestamente, a dispetto del tono allegro di Satomi.

Era proprio come avevo immaginato.

Non si trattava di una sperduta montagna senza nome. Di certo, in origine il Santuario di montagna fungeva da luogo di culto per la divinità di Iwaiyama. Anche Sakai, all'ingresso della strada della prefettura, e Kamiiwa, dall'altro lato del monte, dovevano essere toponimi basati sull'antica memoria di quel luogo sacro, Iwaiyama.

Yaguchi e compagnia lo avevano profanato.

"Che siano stati maledetti per punizione?", mi chiesi.

No, era una conclusione troppo affrettata. Su internet non si parlava d'altro, c'era un gran chiacchiericcio intorno a quel luogo infestato, ed erano state parecchie le persone che vi si erano recate per sostenere una prova di coraggio. Non sarebbe stato ragionevole che, tra tutti, soltanto la comitiva di Yaguchi avesse subito tremende conseguenze.

E poi, provando a ragionare con calma, non era accaduto nulla che potesse essere categoricamente considerato un fenomeno paranormale. Gli unici episodi degni di nota riguardavano l'altare buddista che Wakao non aveva visto e un paio di foto ambigue. Eppure, anche qui, bastava poco per trovare una spiegazione razionale a ognuno di questi elementi.

“Per esempio?”.

All’improvviso, ero confusa.

“Cos’è… che davvero voglio sapere?”.

La mia attenzione era stata del tutto rivolta alla montagna, ma ripensandoci meglio non c’era alcun legame diretto tra quel luogo e la segheria. La prova di coraggio e il folclore della montagna erano verosimilmente due cose del tutto separate. Perché ne ero così ossessionata? Che fosse soltanto per via della mia inclinazione naturale a volerne sapere di più? Cosa avevo sperato di ottenere scoprendo il nome della montagna?

«Dimmi un po’, hai intenzione di scalarla? Per raccogliere quanti più dati possibili?», squillò allegra la voce di Satomi, riscuotendomi dai miei dubbi. «Ma una montagnetta del genere non ha nulla di interessante, secondo me! Se dovessi ambientarci un romanzo, ne sceglierei una più importante».

«Più importante?»

«Che ne diresti del Monte Myōgi o qualcosa di simile? Anzi, meglio ancora: il Kaikoma. Se lo scalassi e poi ci scrivessi un romanzo, sono sicura che ne verrebbe fuori un’opera di un certo prestigio».

Sentendomi sollevata, scoppiai a ridere di gusto alla proposta di Satomi.

«Sì, ma rischierei di lasciarci le penne ancor prima di ottenerlo, quel grande prestigio!».

Dopodiché, chiacchierammo per un’altra mezzora e chiudemmo la telefonata prima di mezzanotte, quando ormai ero molto più rilassata di prima.

“Adoro guardare le mappe. Mi sono semplicemente lasciata trasportare dal mio passatempo”, mi dissi per giustificare la confusione superata.

Senza alcun dubbio, ascoltare il racconto di Wakao mi aveva spinta a desiderare di conoscere anche solo qualcosa in più su quel luogo tanto oscuro. Mi autoconvinsi che era stato il mio istinto a guidarmi. Naturalmente, c’erano ancora degli aspetti che mi turbavano, ma per il momento volevo limitarmi a quelle scoperte sulla montagna.

Per prepararmi alla successiva conversazione con Wakao, provai a cercare “Iwaiyama” sul portatile. Trovai altri due luoghi con lo stesso nome: uno nella Prefettura di Tokushima, l’altro in quella di Shiga.

Il toponimo di Tokushima si pronunciava allo stesso modo, mentre quello di Shiga veniva letto “Horiyama”. La lettura alternativa del primo carattere deriva da un originario *hafuri*, un vecchio vocabolo usato per riferirsi a un sacerdote *shintō*.

“È una montagna divina, dopotutto”, conclusi.

Una sola cosa era chiara: quei pensieri e quelle atmosfere di mistero avevano risvegliato il mio interesse accademico per gli antichi culti delle montagne.

6

Era già iniziato il mese di giugno, ma per me non era cambiato granché. La mia dura lotta con il manoscritto da concludere era ancora in corso.

Da Yaguchi e compagnia non avevo più ricevuto notizie.

Avevo provato una sola volta a telefonare a Wakao, ma dato che era al lavoro era partita la segreteria, così mi ero persa d'animo e avevo lasciato perdere. In fondo, non avrei avuto che qualche curiosità sulla montagna da riferirle.

Chiamandola al telefono solo per quelle sciocchezze avrei rischiato di deluderla e basta. Ripetendomi quella remora, mi ero trattenuta dal provare a contattarla ancora.

Ma le mie erano soltanto scuse.

Probabilmente Wakao era in attesa di una mia telefonata da giorni. Appena le avessi spiegato che la montagna era in realtà un luogo sacro, una come lei avrebbe tracciato subito tutte le connessioni, e l'avrebbe identificata nel giro di qualche secondo come la fonte degli inspiegabili avvenimenti. Io stessa conservavo vivida nella mia mente la storia delle rovine, figurarsi lei che le aveva viste di persona. Anche se nulla di serio era effettivamente accaduto in quel luogo infestato, era una vicenda inquietante.

"Se possibile, mi piacerebbe ripercorrerla nel manoscritto", mi ero trovata più volte a pensare.

Tuttavia, eventi in cui sono coinvolte persone reali non possono essere riprodotti così come sono in un testo, senza previo consenso.

Mi spremetti le meningi per elaborare una trama differente. Peccato che, date le circostanze, il racconto delle rovine fungesse solo da ostacolo alla mia creatività.

La frustrazione, l'impazienza e la rabbia che ne derivavano mi spingevano a eludere la possibilità che Wakao mi facesse rivivere ancora quel racconto con le sue parole. Così, come in un paradosso, approfittavo del fatto che da parte sua non ricevessi alcuna pressione e continuavo a non contattarla.

Per fortuna, dopo circa due settimane, la distrazione si era ridotta considerevolmente. Pur rimanendo in ritardo con la stesura del manoscritto, almeno ero tornata a immergermi nella scrittura basandomi soltanto sulla mia fantasia. Per una buona volta, era una routine degna di una comune scrittrice…

Peccato che quell'equilibrio fu distrutto dall'arrivo di una nuova email.

Il mittente era Onodera.

“Dannata Yaguchi... Gli ha passato il mio indirizzo senza chiedermi il permesso!”.

Poteva esser stata solo lei a farglielo avere. Se il fatto che mi avesse scritto era stato sufficiente a farmi arrabbiare, il contenuto del messaggio peggiorò la situazione.

L’email aveva una gran quantità di allegati. Nel corpo del messaggio, Onodera spiegava che erano le foto di quel giorno. Non era stato più possibile riparare il suo portatile, ma almeno i file al suo interno erano stati recuperati e le foto della loro prova di coraggio erano salve. Perciò, aveva deciso di inviarmele per “farmi un regalo”.

«Immagino tu voglia vederle», recitava l’email.

Quel tono tanto disinvolto mi fece subito ribollire il sangue nelle vene. Io e Onodera non eravamo amici né niente di simile. Con quale faccia tosta aveva potuto chiedere liberamente l’indirizzo di una persona che con conosceva e inviarle un messaggio così ridicolo? Non era un comportamento da uomo maturo e ragionevole.

In più, trovavo irritante l’idea di aver ricevuto quelle foto senza prima essere stata interpellata.

Standо a quanto aveva detto Wakao, era proprio in quelle fotografie che Onodera stava cercando la causa della rottura del suo computer.

Perché inviarmi qualcosa di tanto pericoloso, allora?

Non importava quanto cercasse di atteggiarsi.

Quel gesto mi provava nient’altro che la sua totale

ignoranza riguardo al mondo paranormale. Forse, le aveva allegate al messaggio con spirito di cortesia, ma per me era come aver ricevuto una dose della sua sfortuna.

Schioccai la lingua e, di riflesso, chiusi l'email. Dietro al desiderio di eliminarla, si nascondeva la voglia di sbirciare ancora una volta quelle dannate fotografie.

"Se le ricontrollassi potrei riuscire a trarne nuove informazioni?".

Magari una *causa* più evidente. Un nuovo indizio.

«La curiosità uccise il gatto», recita un detto. Nel mio caso, era proprio vero. Tutta colpa del mio lavoro, ma non solo: devo ammettere che sono affascinata dalle storie di fantasmi e dall'occulto da sempre. Ho cominciato da molto piccola a guardare i programmi televisivi sugli spiriti, adoro analizzare le foto dei fantasmi scattate dagli altri, così come osservo attentamente le immagini che scatto e colleziono io durante le mie trasferte, per verificare l'eventuale apparizione di una qualche presenza…

«Be', ormai… Perché diamine dovevi mandarmele, idiota?!», esclamai.

Feci un backup del manoscritto, dopodiché aprii timidamente i file.

Non aveva inviato tutte le foto, soltanto quelle con gli *orbs* e con qualche anomalia inspiegabile. Se il mio obiettivo era svolgere una seconda indagine, avrei senz'altro preferito rivederle tutte. Ma non avevo alcuna intenzione di avanzare una richiesta del genere a Onodera. Così confrontai le foto da lui selezionate arbitrariamente, senza notare nulla di nuovo.

Dopo le prime due immagini sfocate, mi soffermai sulle due con la nebbia simile a fumo. Il senso comune faceva pensare a un effetto della pioggia che oscurava la visibilità generale. Per quanto ne sapessi, però, di solito la nebbia non rendeva in quel modo nelle foto. In entrambe le immagini, il contrasto tra la coltre fluttuante e lo sfondo era troppo netto. La prima, a quanto mi era stato riferito, era stata scattata verso l'esterno, dall'ingresso dell'ufficio. La seconda immortalava il *torii*, nel santuario *shintō*.

Mi tornò in mente la mappa. Nella foto dall'ufficio, la nebbia era sulla sinistra. La prima volta che l'avevo vista avevo pensato provenisse dal lato in cui si trovava il laboratorio. Riflettendoci meglio, però, mi resi conto che era anche il lato affacciato su Iwaiyama e sul Santuario di montagna.

Passai alla foto del *torii*. Ancora una volta, la nebbia ondeggiava disegnando luci e ombre, ricoprendo l'intera immagine.

"Che sia la vicinanza di questi punti a quel luogo tanto antico a interferire, proprio come pensavo?".

Se era l'aura della montagna a rimanere impressa nelle foto, allora si poteva dire che la nebbia fosse una manifestazione della sua sacralità.

"Però…".

La fotografia era troppo lugubre per essere associata a qualcosa di puro.

“In fondo, non so nemmeno se sia autentica”.

Era impossibile arrivare a delle conclusioni che andassero al di là delle impressioni personali e delle deduzioni soggettive.

“Potrei anche eliminare i file e lasciar perdere”.

Anche se non mi fosse accaduto nulla, non vedevo il motivo di conservare qualcosa che rischiava di portarmi sfortuna. Feci per chiudere tutto, poi l’impulso mi fece dare un’altra rapida occhiata alle foto. Mi fermai su una con diversi *orbs* che fluttuavano nel laboratorio fatiscente…

Di colpo, le dita sul mouse si irrigidirono e il mio intero corpo venne scosso da un fremito. Sullo sfondo dell’immagine distorta dagli *orbs*, un albero secco si stagliava verso l’alto, proiettando un’ombra nera. Anche lui era avvolto dalla nebbia. Come un bianco serpente, la foschia avviluppava in una spirale i contorni privi di foglie della pianta.

“Non me ne ero accorta”. Mi lasciai sfuggire un gemito, mentre subito cambiavo opinione. “No, non è così: sono certa che prima non ci fosse!”.

Dalla sera in cui le avevo guardate al ristorante cinese, non conservavo alcun ricordo di quell’immagine, come non ricordavo di aver visto prima quell’albero.

Il sangue defluì rapido dal mio cervello.

“Si tratta di uno scherzo di Onodera?”.

Che avesse modificato l’immagine prima di inviarmela? O la mia era stata una semplice svista? Ero già alla ricerca di spiegazioni logiche. Ma la paura non diminuiva, anzi; il cuore mi batteva sempre più forte nel petto. Svista o scherzo che fosse, avrei accettato volentieri o l'una o l'altra, pur di trovare una spiegazione a quel nuovo dettaglio.

"Ho paura", constatai.

In pochi movimenti frenetici delle dita, chiusi la cartella con le immagini e la eliminai, poi sospirai a fondo, abbandonandomi sullo schienale della sedia, mentre un leggero brivido mi attraversava il corpo.

"Era solo un po' di nebbia!".

Una foto di fantasmi come tante, al pari delle precedenti. Continuavo a ripetermelo, malgrado la mia agitazione non accennasse a diminuire, così come la sensazione di angoscia.

Presto elaborai una nuova congettura.

Il sito abbandonato era una segheria. Da dove proveniva il legname che un tempo lavoravano proprio lì?

"Da Iwaiyama", conclusi tra me e me.

Proveniva da una montagna che un tempo era un suolo sacro.

L'immagine del monte che non avevo mai visto prese forma nella mia mente.

Quella notte feci un altro brutto sogno. E proprio come il giorno precedente, non mi rimase alcun ricordo. Al risveglio sentii il corpo un po' appesantito e trascorsi mezza giornata in uno stato di torpore, senza fare niente, finché non mi decisi a inviare un'email a Yaguchi. Era una lamentela per aver dato a Onodera il mio indirizzo di posta elettronica senza chiedermi il permesso. Se me lo avesse domandato prima, seppur riluttante, avrei potuto anche darle io il consenso, ma il modo in cui aveva gestito quello scambio di informazioni era stato davvero inopportuno. Anche tra amici, le buone maniere sono importanti. Non accennai ad alcun dettaglio riguardo le foto, né dello strano indizio che avevo notato in una in particolare, e a netta conclusione del messaggio posi le seguenti parole: «La prossima volta, ti prego di fare maggiore attenzione».

La risposta giunse in quella stessa giornata, dopo la mezzanotte.

Quando lessi «Perdonami!» nell'oggetto dell'email, pensai che dovesse averla scritta in tutta fretta.

L'aprii e, come immaginavo, trovai una serie di scuse e spiegazioni. Poi, però, notai che l'intero testo era troppo lungo per una comune richiesta di perdono. A occhio, dovevano essere più di duemila caratteri, i quali coprivano di nero l'intero schermo.

"Che accidenti ha scritto?".

Con espressione accigliata, iniziai a leggere il lungo messaggio inclinando leggermente la testa su un lato, ma non ne capivo assolutamente il senso. Dopo diverse linee di scuse, tirava in ballo l'argomento delle rovine, il che era uno sviluppo prevedibile. Se non fosse che da un certo punto in poi l'email perdeva ogni coerenza e le frasi di Yaguchi divenivano sconnesse fra loro.

Il cibo era buonissimo, vero? Talmente buono che hai versato un po' di lingua di manzo sul portatile, Kazuno! Quando Onodera lo ha mandato a riparare, dal computer uscivano pezzetti di interiora e lui si è messo a piangere!

Ho dovuto prendermi la responsabilità di risolvere tutto. Così, ho pensato di stampare cento copie delle fotografie. Se le distribuissimo per il mondo e facessimo sapere che sono rovine di rovine di rovine, i globi di luce potrebbero essere fotografati persino altrove, in futuro.

Per stufare la lingua di manzo utilizzo molte erbe. La mia specialità non è il curry, ma il riso fritto!

Wakao però non lo capisce: per questo il livello della sua anima è tanto infimo.

Non è più venuta a trovarmi negli ultimi tempi. Puzza di curry e sembra stupida. Anche il capo ride di lei.

Se ho dato il tuo indirizzo a Onodera, è stato per evitare che il capo ridesse anche di te, Kazuno.

Sono davvero desolata.

Ma la ragione per cui ho passato il tuo indirizzo di posta elettronica a Onodera è per sottrarti alla derisione del capo.

Dopotutto, Onodera è bravissimo come fotografo. Altrimenti, non si spiegherebbe come abbia fatto a vedere l'altare buddista, dico bene?

L'altro giorno c'era un passero davanti al negozio, e mi ha dato l'idea per una ricetta squisita...

Mi resi conto che stavo trattenendo il respiro, perciò distolsi lo sguardo dall'email e ripresi fiato.

"Ha perso completamente il lume della ragione", pensai. "Da quando?"

Riflettendoci su, Wakao aveva già lamentato strani comportamenti da parte di Yaguchi. Certo, avevo pensato ci fosse qualcosa di strano, ma non credevo potesse arrivare a un tale delirio. Se quello era divenuto il suo modo di ragionare quotidiano, non stava di certo conducendo una vita da persona normale.

"La causa è...".

Cercai di rigettare il mio stesso verdetto.

"La causa è...".

Inutile. Non riuscivo a pensare ad altro.

Chissà perché, quasi scoppiai a piangere. Non provavo una profonda amarezza per Yaguchi, era piuttosto la paura a farmi venire le lacrime agli occhi. Assieme alla pesantezza e al dolore che avvertivo allo stomaco.

Spensi il computer. Non sarei mai riuscita a lavorare.

Iniziai a girare per la stanza, trascinata dall'ansia e dai timori, spaventata persino di andare a dormire. Preparai del caffè, rassettai il letto, sfogliai delle riviste, accesi la televisione e tornai a controllare la posta accumulata. Ma non trovavo una distrazione che annientasse la mia inquietudine.

Aprii una lettera ancora chiusa. Era l'invito a un evento organizzato da una mia conoscenza, peccato che la data fosse passata già da tempo.

«Accidenti, che guaio!».

Anche se ero bloccata con il lavoro, una tale scortesia non era tollerabile. Per un istante, mi figurai mentalmente mentre porgevo le mie scuse a quella persona.

E poi, d'improvviso, il mio cellulare suonò.

Saltai sul posto e fissai il telefono.

Quello che avevo sentito non era la suoneria di una

chiamata, ma il *bip* di quando si collegava l'apparecchio al caricabatteria. Il mio modello, di tanto in tanto, non faceva bene contatto, e capitava che si scaricasse senza darmene la contezza, così lo avevo settato in modo tale che facesse *bip* ogni volta che entrava in carica.

Appena lo controllai, notai che la spia di ricarica era accesa.

"Ha perso contatto per un secondo?".

Risi della mia stessa codardia e distolsi lo sguardo.

Suonò ancora.

Feci un respiro profondo e tornai di nuovo con gli occhi al cellulare, poggiato sul bordo della libreria. La spia di ricarica era accesa.

Dopodiché si spense.

Di nuovo un breve segnale di connessione, poi la spia si riaccese.

Accesa.

Spenta.

Accesa.

Spenta.

Andai alla libreria e, come se mi stessi lanciando addosso a un nemico, scollegai il cellulare dal caricabatteria.

Subito dopo, uno sciabordio repentino. Delle gocce tiepide che mi bagnavano i piedi e la sensazione di camminare sopra dell'acqua fangosa. Mi sfuggì un breve grido, feci un salto e lasciai cadere il telefono, che rotolò sul pavimento.

Quando abbassai il capo, non trovai alcun liquido né i miei piedi erano bagnati.

Il sangue mi si gelò nelle vene.

Con le punte delle mie dita bianche e tremolanti, raccolsi il cellulare.

"Non voglio diventare una *vittima*!", pensai con tutta me stessa.

Era la stessa ansia che avevo provato dopo il primo incubo. Identica.

Continuare a far finta di nulla non mi avrebbe dato alcuna garanzia che ne sarei uscita sana e salva.

"Che cosa dovrei fare?".

Mi sedetti sul letto, confusa. Avevo appena calpestato dell'acqua immaginaria, addirittura sentendo con il mio stesso olfatto un chiaro odore di terra. L'odore di alta montagna. Lo stesso che permea le case in rovina abbandonate nelle campagne.

"Che cosa dovrei fare?".

Non riuscivo a pensare ad alcuna soluzione.

Avevo paura di fare qualsiasi cosa. Avevo paura di non trovare un modo di reagire.

"Ma io che diamine potrei fare?".

Le stesse domande inutili continuarono a riecheggiarmi in testa.

Se solo non avessi guardato quelle foto... Anzi, se solo non avessi accettato l'invito di Yaguchi!

"La curiosità uccise il gatto".

A ripensarci ora, nella mia situazione, quel detto risultava terribilmente azzeccato.

Ecco cosa succedeva a una mente che si abbandonava al proprio desiderio.

Ero diventata anche io una *vittima*? Era accaduto dall'istante in cui avevo accettato l'invito di Yaguchi, vero?

7

All'inizio della settimana successiva, decisi di andare in visita al negozio in cui la comitiva lavorava. Sul biglietto da visita che Tazaki mi aveva lasciato, era riportato l'indirizzo.

Mappa alla mano, mi aggirai per le strade in cerca della via, madida di sudore. Eravamo nella stagione delle piogge, ma ormai da qualche tempo il cielo restava soltanto opaco, coperto di nuvole. Il caldo e l'umidità erano opprimenti. Se solo fosse piovuto, la temperatura sarebbe calata almeno un po'.

Il nome del negozio di generi alimentari d'importazione era Gaia Bazar. Quello del ristorante di curry al suo fianco, invece, era Swami, che è un termine indiano per indicare un santo. Entrambi avevano dei nomi fin troppo altisonanti per il tipo di attività.

Lasciando la via principale, superai diversi negozietti alla moda, che proponevano una varietà di prodotti. Alla seconda svolta, trovai il Gaia Bazar e lo Swami, al pianterreno dello stesso edificio. La facciata del negozio era completamente occupata da una vetrina, mentre la porta in legno del ristorante era al centro di una parete decorata con elefanti e conigli dalle tinte che ricordavano l'Oriente.

Superai con passo svelto il Gaia Bazar e aprii la porta dello Swami, con la speranza di incontrare prima di chiunque altro Wakao.

Dopo aver ricevuto l'ultima email di Yaguchi e aver sperimentato la paura e il dilemma che mi avevano afflitta personalmente, avevo trascorso giorni interi incapace di combinare alcunché. Lo schermo del portatile era sempre sollevato, ma il manoscritto non faceva alcun progresso.

La storia di paura che volevo raccontare nel romanzo era molto più stravagante di quelle che avevo sentito nel mondo reale. Tuttavia, non riuscivo ad appassionarmi. Ciò che odiavo ancor più di quello stallo, però, era che l'idea di una prova di coraggio mi spingesse a tornare con la mente a Yaguchi e agli altri, senza che potessi evitarlo.

Appena alzavo lo schermo del portatile, ripensavo alle foto delle rovine. I messaggi di Yaguchi e la telefonata di Wakao riaffioravano vividi in me. Così, il mio stesso lavoro mi appariva come un catalizzatore di sventure. Gradualmente, avevo sviluppato una forte avversione per il mio romanzo, al punto che il giorno prima non ero riuscita nemmeno ad accendere il PC.

«È una persecuzione, oramai».

Temevo di essermi lanciata da sola una maledizione.

Non potevo andare avanti in quel modo, dovevo trovare una via di uscita dal mio blocco e, per questa ragione, la sera precedente avevo deciso che sarei andata da quei quattro.

Parte della paura che provavo era frutto dei dubbi che avevo alimentato con la mia stessa immaginazione. Era proprio perché c'erano troppi elementi che non riuscivo a definire i miei timori. Se, invece, avessi potuto cogliere almeno un fondo di realtà, per quanto alcuni aspetti restassero inquietanti, sarei stata in grado di liberarmi dell'ansia in eccesso che mi bloccava. Una volta scoperto cosa stavano combinando Yaguchi e compagnia, avrei forse capito come gestire la situazione.

"Risolverò le cose, anche se l'unica soluzione dovesse essere tagliare i nostri rapporti...".

Appena aprii la porta del ristorante, il mio naso venne investito da un piacevole odore di spezie. L'interno era in penombra e da fuori non penetrava alcuna luce. Il locale era più piccolo di quanto avessi immaginato, con giusto quattro tavoli in legno naturale non trattato e un bancone dello stesso materiale. Dentro, tre clienti.

Mi stavo ancora guardando intorno, in cerca di Wakao, quando una voce mi chiamò dal bancone.

«Kazuno!».

Feci un balzo, mi voltai e vidi Yaguchi lì in piedi. Mi resi conto da sola di aver teso il viso in una smorfia. La sostituii con un sorriso forzato e avanzai dentro il locale.

«Che ci fai qui al ristorante di curry? Non lavoravi al negozio a fianco?»

«Oggi non avevo niente da fare», rispose Yaguchi senza alcun imbarazzo.

Seguendo il suo invito, mi sedetti vicino a lei. Disposti davanti a noi c'erano una birra e un piatto di stuzzichini. Guardai in direzione della cucina, dove riconobbi Wakao, la quale sbatté le palpebre confusa appena i nostri sguardi si incrociarono.

Allora era vero che Yaguchi veniva a bere allo Swami durante l'orario di lavoro. Wakao sembrava non essere in grado di rifiutare le sue richieste insistenti.

«Bevi mentre lavori?», domandai io.

«È che ultimamente si è fatto molto caldo e umido», rispose Yaguchi senza fare una piega.

Aveva senz'altro qualcosa fuori posto, ma non scorgevo in lei la follia tanto evidente dell'email sconclusionata che mi aveva inviato.

«In effetti, fa caldo...», concordai annuendo. «Anche io sono assetata. Per questo ho deciso di fermarmi qui prima di andare al negozio», proseguii, spiegando prontamente perché ero entrata prima allo Swami che al Gaia Bazar.

Yaguchi non sembrava comunque essersela presa.

«Una birra anche per te, Kazuno?»

«No, solo un caffè freddo, grazie. Di' un po'... per caso sei ingrassata, dall'ultima volta che ci siamo viste?», chiesi scrutandola in volto.

Non lo dicevo per rimproverarle l'abitudine di saltare il lavoro per andare a bere e mangiare. Yaguchi aveva davvero preso qualche chilo, al punto da sembrare un'altra persona rispetto a un mese prima. La sua faccia era gonfia, paffuta, e le sue braccia piegate sul bancone parevano sul punto di esplodere. Evidentemente continuava a indossare i suoi soliti vestiti, perché la maglietta a maniche corte le stava attillata e il grasso in eccesso stretto dal reggiseno formava dei rotolini sul busto.

«Ma insomma, che modi! Piuttosto, dimmi che sono voluttuosa!», disse ad alta voce mettendosi a ridere.

A quelle parole, mi strinsi nelle spalle e lanciai uno sguardo a Wakao. All'opposto di Yaguchi, lei sembrava più magra ed emaciata, rispetto al nostro precedente incontro.

«Mandi avanti da sola il locale, Wakao?».

Appena le rivolsi la parola, lei alzò rapida gli occhi.

«Il capo non si sente bene. Finché non ritorna, ci sarò soltanto io».

«Tazaki?»

«No, il capo dello Swami».

«Capisco… Dev'essere un bel problema».

Il gestore del ristorante di curry non aveva partecipato alla prova di coraggio, per cui non c'era da preoccuparsi se si era ammalato.

«Che problema?», intervenne Yaguchi interrompendo i miei pensieri. «Il curry va soltanto bollito e servito. Per mescolare il contenuto di un tegame, una persona sola basta e avanza!».

A quell'affermazione detta con voce acuta e maliziosa, persino gli altri clienti si voltarono. Non potei trattenermi dal rivolgerle un'occhiataccia. Anche nell'email strampalata era emerso il suo odio per Wakao. Non conoscevo il motivo di tale disprezzo, ma era evidente che detestasse quella ragazza. A prescindere dalle ragioni, era impossibile non notare quel suo atteggiamento.

"C'è qualcosa di strano. È cambiata davvero".

Eppure, non poteva essere diventata di punto in bianco tanto crudele. Per quanto le fosse sempre mancata un po' di sensibilità, la ricordavo come una donna gioviale e di buon senso. Persino le sue famose lamentele di un tempo non erano altro che lo sfogo di una persona seria, amante del suo lavoro. Inoltre, Yaguchi era sempre stata attenta allo stile. Era fissata non solo con l'abbigliamento, l'acconciatura dei capelli e il trucco, ma anche con la forma fisica. Da sempre, teneva sotto costante controllo l'apporto di calorie e la sua dieta. Invece, ora pareva infischiarsene di ogni cosa.

Non scorgevo la minima traccia del suo carattere originario. Più che cambiata, era una persona del tutto diversa. La famiglia, il patrimonio genetico, la storia personale erano chiaramente rimasti quelli di Yaguchi Asako, ma la donna che mi sedeva accanto al bancone non era affatto la mia conoscente né tantomeno la mia vecchia amica.

Perché ero così estrema nei miei giudizi? Non sapevo darmi risposta, ma appena mi resi conto di quanto provavo fui di nuovo investita da una paura indefinita e da quell'antipatico peso allo stomaco.

Wakao mi servì il caffè freddo. Lo bevvi in silenzio.

Una certa tensione permeava l'aria.

"Vorrei poter parlare da sola con Wakao", pensavo. Pur non avendo fatto alcun tentativo per riuscirci, non desideravo altro.

Yaguchi riprese di nuovo a chiacchierare: «Hai visto le foto di Onodera?».

Tentennai, colta alla sprovvista. «No, quelle foto...».

«Come? Non le hai ricevute? Gli dirò di rimandartele».

«Rimandarmele?! No, ti prego. Le ho ricevute, ma ho avuto paura, quindi non le ho ancora aperte», mentii, presa dal panico.

Se le avessi detto la verità, avrebbe potuto davvero farmele di nuovo recapitare.

«Come sarebbe?! Non va bene! Devi studiarle attentamente!».

Yaguchi avvicinò il suo viso al mio, e io mi ritrassi d'istinto. I suoi occhi erano luminosi, ma non trasmettevano l'entusiasmo di chi parlava di un argomento piacevole. Piuttosto, quelle grandi pupille sgranate mi ricordavano una belva feroce che punta una preda.

Inspirai, in preda all'ansia. Non volevo parlare delle fotografie.

«A proposito di email, quella che mi hai inviato l'altro giorno...», dissi senza esitazione, per cambiare argomento.

Di colpo, le gote di Yaguchi si infiammarono.

«Mi sono già scusata per l'incidente con Onodera!», gridò.

Un cliente sussultò alle mie spalle e il rumore di un bicchiere che cadeva a terra, andando in frantumi, risuonò nel ristorante.

«Quanto ancora hai intenzione di insistere?! Ho capito: non lo farò più! Così ti sta bene? O devo inginocchiarmi qui a terra e pregare?!».

Wakao uscì in tutta fretta da dietro il bancone con spazzolone e straccio.

Ero talmente scioccata da avere la mente obnubilata, perciò mi limitai a fissare disorientata Yaguchi, che tremava di rabbia. Era rossa in viso, con entrambe le pupille fisse su di me, assottigliate, i capillari vermigli che si irradiavano nel bianco dei suoi occhi.

«Non era quello che intendevo dirti...», farfugliai, sentendo il sudore accumularsi sotto le ascelle. Non riuscivo ad articolare il resto della frase, e l'espressione dura di Yaguchi era tutt'altro che d'aiuto. Concentrai la forza nelle braccia e nelle gambe che avevano cominciato a tremare, poi continuai: «Era un'email molto lunga... Per questo mi ha sorpresa».

Yaguchi scoppiò a ridere voltandosi da un lato.

Nel frattempo, i clienti iniziarono ad andarsene dal locale.

«Tornate a trovarci!», li salutò Wakao, la voce molto triste e flebile.

Mi raddrizzai sulla sedia e bevvi un sorso di caffè freddo. Ero scioccata, al limite della costernazione, ma una cosa era chiara: Yaguchi non era Yaguchi.

"Però si ricorda di avermi inviato l'email", pensai fra me e me.

Quelle bizzarre stringhe di caratteri erano state il suo modo di pormi delle scuse. Ricordava sul serio il contenuto del suo messaggio? O soltanto il fatto di essersi giustificata? Forse, aveva rimosso ciò che aveva scritto... Ma non avevo abbastanza fegato per appurarlo. Meglio evitare di farla surriscaldare come poco prima. Tanto, in ogni caso non sarei riuscita nemmeno a comprendere la sua risposta.

"Vorrei parlare da sola con Wakao".

Ancora di più, volevo andarmene via. Il turbamento iniziava a farmi avvertire un crescente mal di testa. Decisi che avrei finito il caffè freddo e me ne sarei andata.

Come per impedirmelo, Yaguchi tornò a fissarmi in volto e disse: «A proposito, che cosa sei venuta a fare qui oggi?».

A fatica, trattenni un sospiro e abbozzai un sorriso cordiale. «È trascorso molto tempo dall'ultima volta che ci siamo visti. Mi chiedevo come ve la stavate passando».

«Quindi eri preoccupata, eh? La prossima volta, allora, andiamoci insieme alle rovine!». Le sue labbra si allargarono in un grande sorriso, la rabbia di poco prima era ormai un ricordo.

Rimasi ancora una volta senza parole.

«È stato così interessante che l'altro giorno, parlando tra noi, stavamo pensando di tornarci. Ci siamo anche detti che avremmo voluto invitarti, Kazuno», continuò Yaguchi.

Stava scherzando?! Mi trattenni dal gridarglielo e scossi la testa.

«No, grazie! Io passo».

«E perché mai?», rimbrottò Yaguchi, l'espressione ora turbata.

"Ha intenzione di rimettersi a urlare?". Il rischio mi impensieriva, ma ero già mentalmente esausta dall'episodio di poco prima e non mi restavano energie per preoccuparmene o tentare di prevedere le sue reazioni.

Confessai onestamente: «In realtà, l'ultima volta non ho avuto modo di menzionarlo, ma in questo periodo sto scrivendo un romanzo che racconta una prova di coraggio. Così, avevo pensato di utilizzare la vostra esperienza come fonte d'ispirazione. Avrei voluto intervistarvi per...».

Ancor prima che potessi finire, lei esclamò con voce eccitata: «Noi saremo nel tuo romanzo?!».

Scossi di nuovo il capo.

«Certo che no! Ai miei personaggi accadono cose terribili, non potrei mai utilizzare persone reali. E poi, come ricorderai, in generale non ho una grande stima per chi visita i luoghi infestati».

«Come sarebbe?». Gli occhi di Yaguchi si accesero con aria di sfida.

Stavolta avrebbe potuto arrabbiarsi sul serio. Ma su quell'argomento non ero disposta a tirarmi indietro. Fare stupidaggini nei luoghi infestati è inaccettabile, da qualsivoglia punto di vista etico: sia civile sia religioso. Finire nei guai dopo essersi messi di proposito in situazioni di pericolo significa solo essere imprudenti e arroganti.

Non avevo alcuna intenzione di cambiare idea. Allo

stesso tempo, nutrivo un barlume di speranza per il prosieguo della storia. Con in mano le testimonianze di chi aveva partecipato in prima persona a una prova di coraggio, mi sarebbe bastato riportare nel mio romanzo i fatti, dall'inizio alla fine, e ciò mi avrebbe anche permesso di mettere in guardia i lettori sui rischi connessi a quei giochi superficiali.

"Grazie al mio romanzo, la stessa Yaguchi potrebbe rendersi conto che qualcosa di anomalo è accaduto anche in lei".

Magari avrebbe capito che in passato non si sarebbe mai sognata di fare certe cose, o che un tempo era molto più attenta al suo aspetto fisico. Se avessi elencato diversi esempi e li avessi inclusi tutti negli effetti della "Maledizione delle rovine", forse avrebbe intuito qualcosa.

Era quello che speravo.

Purtroppo, la mia speranza crollò in un baleno.

«Va bene, non fa nulla», dichiarò Yaguchi. «Basta che ci prendi come modelli! Non siamo mica aspiranti star al loro primo debutto, noi», disse ridendo verso Wakao, che era tornata dietro al bancone mantenendo il sorriso amaro sul volto.

«Fosse solo finzione...», mormorai quasi sospirando.

Yaguchi non aveva ancora finito di parlare, però. «Proprio per questo dovresti utilizzarci per la tua storia! Giusto, Wakao? Scriverai: "Se andrete in posti infestati solo per divertimento, vi accadranno cose terribili come a loro!"».

Alzai lo sguardo stupita.

«Vi è accaduto qualcosa di terribile?»

«No, no», rispose prima di lasciarsi andare a una risata fragorosa.

Senza accorgermene, aggrottai le sopracciglia. Yaguchi era cambiata, era ovvio, ma accadevano addirittura altri fatti inspiegabili attorno a lei? Se glielo avessi chiesto, non avrei avuto garanzia di ricevere una risposta sincera. Esitai un attimo, poi rinunciai. Yaguchi aveva già negato. Per quanto potessi insistere, sapevo che non avrebbe confessato nient'altro.

Estrassi il portafoglio per far intendere a entrambe che stavo per lasciare il locale. Feci solo un ultimo commento: «Comunque, è per questa ragione che io non voglio andare su quella montagna».

Wakao sembrò scuotersi un po'.

Spostai gli occhi sulla ragazza dietro il bancone e i nostri sguardi si incontrarono.

In lei, ritrovai la stessa espressione di quella sera a cena, la prima volta che ci eravamo viste.

Quella di chi avrebbe voluto dirmi qualcosa in più, ma in altre sedi.

8

Mi diedi appuntamento con Wakao quella sera stessa, sul tardi.

Ero stata io a contattarla. Quando aveva risposto al telefono, ancor prima che potessi dirle qualcosa, lei mi propose l'ora e il luogo per incontrarci. Accettai tutto e, dopo un veloce rientro a casa, mi recai nel posto designato.

Era un ristorante per famiglie a due stazioni di distanza dallo Swami, un locale più tranquillo di un *izakaya*, in cui avremmo dato meno nell'occhio. L'illuminazione chiara e l'atmosfera tranquilla avrebbero giocato in nostro favore, visto l'argomento di cui avremmo parlato.

"Ha scelto il posto più adatto", pensai, mentre attendevo Wakao sorseggiando del caffè.

Lei però non appariva.

Incapace di concentrarmi sul libro che avevo portato con me, dopo un'attesa di venti minuti, chiamai al suo cellulare.

«Il numero da lei chiamato non è al momento raggiungibile», recitò una robotica voce femminile.

"Che sia in metro?".

No, non era possibile.

Nonostante l'irritazione e l'ansia crescenti, mi sforzai di riportare lo sguardo sul testo e stabilii che avrei atteso per un'ora. Se entro quel tempo non si fosse presentata, magari avrei fatto meglio a tornare allo Swami.

La lettura non mi coinvolgeva, anzi, continuavo a tornare con la mente alle immagini di quel giorno al ristorante di curry. A un primo sguardo, io, Wakao e Yaguchi avevamo l'aria di persone comuni, che conducevano una vita calma e pacifica. Dopotutto, non era poi così strano se una di noi era ingrassata e divenuta irascibile proprio per quella ragione, no?

Forse Wakao era semplicemente una ritardataria. Eppure, avvertivo sempre più il presagio di un pericolo imminente. Non ne facevo una questione di educazione o formalità, si trattava più di un presentimento... Una spiacevole sensazione che assumeva fattezze dannatamente reali.

Quando furono trascorsi trenta minuti, mi ritrovai a pregare che fosse sana e salva.

Passata quasi un'ora dall'orario stabilito per il nostro appuntamento, Wakao comparve nel locale. Doveva aver corso dalla stazione fino a lì, perché aveva i capelli in disordine ed era tutta sudata.

Non appena la vidi, mi alzai d'istinto guardandola avvicinarsi a passo svelto. Le mie spalle si rilassarono, alla sua vista. Senza rendermene conto avevo accumulato tensione in tutto il corpo.

«Mi hai fatta aspettare, eh!».

Forse per il sollievo, Wakao assunse un'espressione a metà tra il pianto e il riso. Era probabile che anche io avessi una faccia simile.

«Scusa per il ritardo». Dopo essersi asciugata il sudore della fronte con il dorso della mano, fece un profondo inchino.

Mi risistemai sul divanetto e le feci cenno di accomodarsi. Il suo respiro era ancora irregolare. Doveva aver avuto molta ansia. Bevve a gran sorsi l'acqua che ci avevano servito e annaspò per riprendere fiato.

«Che ti è successo?», le domandai solo quando fui certa che si fosse calmata.

«L'ultimo cliente di oggi è restato fin dopo l'orario di chiusura. Gli ho detto che stavamo chiudendo, ma non ne voleva sapere di andarsene. Come se non bastasse, quando finalmente stava per uscire, non trovava più le sue chiavi. Così, ho perso tempo ad aiutarlo a cercarle...». Wakao si interruppe per ordinare un tè freddo alla cameriera, quindi proseguì: «Ho provato a telefonarti, Kazuno, ma non riuscivo a prendere la linea».

«Nemmeno io!».

Tirammo entrambe fuori i cellulari nello stesso momento. Il segnale era così scarso allo Swami? No, quando l'avevo chiamata qualche ora prima non avevo avuto alcuna difficoltà.

Wakao sollevò lo sguardo dal cellulare. «Non ho nessuna chiamata persa da te, Kazuno».

«Nemmeno io!».

Alle mie parole, il suo viso si rannuvolò. Io sospirai e riposi il telefono nella borsa.

«Immagino che alla fine avrete trovato le chiavi, dopo aver cercato in lungo e in largo».

«Già...».

«Be', siamo riuscite a incontrarci comunque, quindi direi che è tutto a posto».

Feci un sorriso ironico e pian piano anche le guance di Wakao cominciarono a tornare di un colorito normale. Aveva fame e voleva mangiare qualcosa. Non potei trattenermi dal ridere quando disse che dopo il lavoro voleva sempre rifocillarsi con qualsiasi cosa, bastava che non fosse curry. Potevo capirla.

Avevo anche io un certo languorino, così ordinai un dessert.

Mentre mangiavamo non parlammo granché, perché sapevamo bene entrambe che la nostra conversazione ci avrebbe rovinato l'appetito. Arrivammo al punto soltanto dopo aver concluso il pasto e ordinato altre bevande.

«Mi spiace per quanto accaduto oggi al locale», esordì Wakao. Sembrava volersi scusare per il comportamento di Yaguchi.

Scossi leggermente la testa.

«Non è colpa tua. È lei a essere diventata un po' strana, come già mi avevi riferito al telefono».

«Certo che è proprio cambiata...». Wakao abbassò di poco il capo.

Anche senza farle leggere l'email insensata di Yaguchi,

sapevo che condivideva il mio giudizio su di lei. In quella ragazza c'era qualcosa di anormale.

«Tazaki e Onodera non hanno detto nulla a riguardo?»

«Non lo so. Credo sospettino qualcosa, ma di recente non abbiamo parlato».

Significava che gli scambi tra il negozio di generi alimentari e il ristorante di curry non erano tanto frequenti? O vi era forse qualche inconveniente di altra natura tra di loro?

Quella sua replica mi diede da pensare, ma preferii cambiare argomento. Ciò che mi premeva era risolvere i miei dubbi prima che la conversazione potesse virare su altro.

«Cos'è che ti ha sorpresa oggi? Sembravi davvero scioccata, quando ho deciso di andarmene. Mi sono preoccupata ed è per questo che poi ho voluto contattarti».

«Ecco…», mormorò Wakao. «È perché hai detto: "Non voglio andare su quella montagna", Kazuno», disse scrutandomi con fare indagatore.

«Ah…».

Doveva essermi uscito di bocca ciò che inconsciamente più mi intimoriva. Be', da parte mia sarebbe stato più appropriato parlare delle rovine, ma grazie a quell'abbaglio ora potevo constatare che anche Wakao era spaventata da Iwaiyama.

«La montagna a cui ti riferivi è quella dietro il santuario, vero?», domandò continuando a studiarmi.

Più precisamente, si poteva anche dire fosse quella dietro le rovine. Comunque, per non impressionarla oltre, mi limitai ad annuire.

«Come pensavo...», mormorò Wakao prima di accelerare un po' la parlata. «In effetti, da quando ho partecipato alla prova di coraggio, anche io mi sono interessata a quella montagna. Ciò che più mi ha inorridita è stata la questione dell'altare buddista, ma con il passare dei giorni ho cominciato a pensare sempre più spesso alla vetta nelle vicinanze. Certo, era notte quando sono stata lassù, dunque non ho immagini definite in mente. Tutto quello che ricordo è l'impressione che mi hanno fatto il buio del sentiero montano e la trama fitta degli alberi. Eppure, se ci ripenso... non so per quale ragione, ma il pendio che costeggiava la strada e la nera foresta che si allargava dietro il santuario si palesano nei miei ricordi ogni volta con maggiore chiarezza». Si fermò per bere un sorso d'acqua, poi continuò: «Ti ho raccontato degli incubi, no? Ultimamente mi chiedo se pure i miei sogni non riguardino quel monte».

«Come sarebbe?»

«Anche se non accade tutte le notti, continuo a sognare qualcosa che mi risveglia in preda al terrore. In verità, non ricordando nulla, potrebbe persino non essere sempre lo stesso incubo, ma io sospetto che lo sia. Dopo averlo vissuto così tante volte, ho cominciato a ricordare qualche dettaglio... È buio pesto, solo il fruscio degli alberi mossi dal vento mi raggiunge. Riconosco degli elementi della natura, come il suolo umido, le rocce e gli insetti, ma vedo a stento l'ambiente tutt'intorno e credo di essermi persa. Il sole è tramontato. La notte mi ha sorpresa mentre mi aggiravo in quel luogo isolato. Sono pietrificata dalla paura e non riesco ad avanzare oltre. Poi, di nuovo, gli alberi si muovono e qualcosa di spaventoso si avvicina dal profondo della montagna».

«Qualcosa di spaventoso?»

«Non so. A volte credo di scorgere un mostro gigantesco, altre delle persone che mi corrono incontro minacciose. Non ricordo altro».

Una smorfia deformò le sue guance, come se avesse appena risvegliato quell'angoscia notturna.

Punzecchiando con la punta della cannuccia il ghiaccio nel bicchiere, Wakao riprese per la terza volta il suo discorso. «Perché hai menzionato la montagna, Kazuno? Anche tu l'hai sognata, vero? Che cos'è veramente?», disse con urgenza.

Estrassi la mappa che avevo in borsa.

«Mi sono interessata alla montagna dopo averla trovata su una mappa. Oggi ero venuta allo Swami proprio per parlartene».

Aprii la pagina con il segnalibro e disposi la mappa sul tavolo. Come prima cosa, Wakao verificò che fosse la zona giusta, poi seguì la strada con il dito e annuì appena raggiunse il punto esatto.

«Bene. Almeno ora abbiamo la certezza di parlare dello stesso luogo».

Indicando la mappa, condivisi con lei le mie informazioni e le mie teorie. Le dissi che rovine e santuario erano allineati sulla linea sud-nord e separati dalla foresta. Rivelai anche il nome della montagna, Iwaiyama, e le spiegai che toponimi come "Sakai" e "Kamiiwa" facevano pensare che montagna e dintorni fossero considerati storicamente sacri. Aggiunsi che temevo fosse proprio da quel monte che la segheria, un tempo, avesse estratto il legname per la sua attività, e poteva esser stata quella la ragione per cui si erano susseguite tante disgrazie. Allo stesso modo, era probabile che anche Yaguchi e gli altri stessero impazzendo perché, con imprudenza, si erano recati in quel luogo per gioco...

Non risparmiai la mia opinione in ambito spirituale. «Per qualche ragione, certi luoghi sacri, come i santuari, se rimasti deserti e abbandonati troppo a lungo possono diventare pericolosi, in un certo senso addirittura maledetti. Iwaiyama e il Santuario di montagna mi danno questa impressione».

«Iwaiyama...». Wakao ripeté qualche volta il nome facendolo rotolare sulla lingua. «Possibile che sia proprio questo il nome?», aggiunse aggrottando un poco la fronte.

La sua non era una semplice richiesta di conferma. Era apertamente titubante.

«Che intendi dire?»

«No, è che secondo me è un po'...». Si interruppe e rimase in silenzio.

Temeva mi sarei arrabbiata se avesse messo in dubbio le mie teorie?

Feci in modo di ammorbidire la mia espressione per rassicurarla, e lei proseguì.

«Il mio paese di origine si trova in piena campagna, dove persiste ancora un modo di pensare superstizioso. Quando ero piccola, da mia nonna e dai vicini ho sentito tante storie strane. A volte, raccontavano di persone che venivano maledette per aver compiuto degli affronti alle divinità. Per esempio, quando un vicino si ferì gravemente e dovette sottoporsi all'amputazione di una gamba, la causa fu attribuita a una maledizione. In effetti, qualche giorno prima dell'infortunio, l'uomo era stato visto dentro un santuario di Inari, mentre rompeva con un martello la zampa di una statua che raffigurava una volpe. Si diceva fosse stato pesantemente ubriaco. Mia nonna era furibonda perché circolò la voce che successivamente, una volta ripresosi dalla sbronza, l'uomo non si fosse recato a chiedere perdono alla divinità. Non a caso, in seguito fu investito da un autocarro e finì col perdere una gamba… In paese non dissero mai nulla esplicitamente, ma era chiaro che nessuno lo compatisse. Era il modo di ragionare della gente del posto. Per questo, Kazuno, io ho una percezione particolare di certe situazioni. Iwaiyama mi fa pensare alle storie di maledizioni di cui ho sentito parlare per tutta la vita, eppure mi risulta difficile credere a quanto hai detto…».

«Wakao, ma tu… per caso hai delle doti da sensitiva?», domandai avendo colto la parola "percezione".

Negò all'istante.

«Ne sei sicura?», insistetti.

Lei vagò un po' con lo sguardo, poi inclinò la testa.

«Non credo di avere poteri speciali. Solo in un'occasione, mi è capitato di vedere un fantasma... Ero appena arrivata a Tokyo e mi sentivo sola. Si trattava della mia defunta nonna».

«Eri molto legata a lei, vero?», dissi con un sorriso affettuoso.

Wakao fece di sì con la testa come una bambina.

«Quindi non credo di potermi definire una sensitiva. Si tratta piuttosto di presentimenti o di sensazioni; quando visito un luogo che non mi piace, a volte mi capita di sentire freddo o di avere la pelle d'oca, come se qualcosa mi opprimesse. Questo mi succede sin da piccola. Per esperienza, ormai, riconosco subito certe reazioni del mio corpo. Ma quella di Iwaiyama mi sembra una vicenda diversa rispetto ad altre storie di punizioni divine».

"Da come parla, però, pare proprio una sensitiva!".

Resistetti all'istinto di contraddirla. Così come al mondo vi sono persone simili a Onodera, che vogliono far credere agli altri di avere poteri paranormali, esistono anche quelle che preferirebbero non possederne e minimizzano le proprie doti. Da parte mia, sarebbe stato maleducato affermare quanto la diretta interessata stava negando. Tuttavia, sapevo che gli individui nati in casate antiche tendevano ad avere poteri straordinari. Era un dato frequente, e io stessa avevo conosciuto già almeno un paio di medium d'alto lignaggio. Non saprei dire se fosse questione di sangue o l'eredità di qualche antenato, ma anche il sesto senso di Wakao poteva avere a che fare con la sua ascendenza.

«Allora, supponendo non si tratti di una punizione divina, hai mai avvertito da qualche altra parte un'atmosfera simile a quella di Iwaiyama?», proseguii fidandomi della sua intuizione.

Mordendosi il labbro inferiore, lei restò in silenzio per qualche istante.

«In un cimitero, forse?», mormorò poi incerta.

«Un cimitero?», le feci eco io.

«Non parlo di un camposanto moderno, ma di un antico cimitero abbandonato. Soltanto, credo che sul monte ci sia un'aria ancor più sinistra... Perdonami, ma non riesco a spiegarmi».

«Figurati, sei stata chiarissima. Mi domando se quell'atmosfera da cimitero abbia qualcosa a che fare con l'altare buddista che hanno visto Yaguchi e gli altri». Continuavo a rivolgerle interrogativi come se mi trovassi di fronte a una medium.

«Potrebbe anche darsi...». Wakao non suonava convinta.

Senza attendere altra risposta, riportai lo sguardo sulla mappa. Le obiezioni della ragazza, alla pari dei suoi poteri fuori dal comune, erano basate unicamente sulla sua sensibilità, ma anche la mia ossessione per la montagna era soggiogata dalla mia emotività. Dunque, non sapevo quale fosse l'interpretazione corretta né se ve ne fosse davvero una. In fondo, proprio come in archeologia o in storia, è difficile fornire una risposta univoca riguardo alle cosiddette "origini" di un territorio. Qualche studioso potrebbe risentirsene se lo dico, ma entrambe quelle discipline a volte vengono del tutto ribaltate dalle scoperte e dalle interpretazioni delle nuove generazioni.

Valeva lo stesso per Iwaiyama.

Anche se la montagna era rimasta sempre la stessa, l'immagine a essa associata era cambiata da quando nella zona tutt'intorno i suoi abitanti avevano lentamente sgomberato, fino a rendere l'area pressoché disabitata. Addirittura, con il tempo le persone avevano dimenticato il suo nome. Sebbene l'appellativo "Iwaiyama" anni prima confermasse la sua fama di montagna sacra, tutta la sacralità del passato ormai vacillava.

In ogni caso, a meno che non ci fossimo imbattute in ulteriori scoperte, il nostro dibattito sarebbe finito comunque in una differenza di interpretazioni, ovvero di sensibilità. Ciononostante, io non consideravo ancora concluse le mie indagini su quel luogo tanto oscuro.

"Forse, se provassi ad analizzare ogni dettaglio ancora una volta...".

Riflettendo, mi accorsi che stavo di nuovo andando fuori strada. La cosa più importante non era raccogliere dati, ma eliminare l'ansia che stavo provando. Una volta liberatami di quella, nella mia vita non avrebbe fatto alcuna differenza sapere di più sulla vera natura della montagna.

"Ormai, credo di soffrire di una malattia professionale", pensai ridendo di me stessa.

Studiando ancora la mappa, Wakao cambiò il tono della voce. «Hai ancora un po' di tempo da dedicarmi?»

«Certo. Sono una freelance, dopotutto», risposi, annuendo. Avevo le mie scadenze, ma avevo programmato di passare l'intera serata in sua compagnia.

Gli occhi di Wakao si riempirono di gioia, poi il suo volto divenne teso.

«Verresti al Gaia Bazar?»

«Adesso?!», ribattei.

«Sì. Sono sicura che, se ci andassimo ora, capiresti di che tipo di atmosfera ti sto parlando».

Il suo volto era serio. Talmente serio da intimidirmi.

«Che cosa vorresti dire? Che anche al negozio sembra di stare in un cimitero abbandonato?».

La ragazza annuì a denti stretti.

«Ma io non sono una medium!». Sì, mi stavo tirando indietro.

Senza cambiare espressione e senza nemmeno sbattere le palpebre, Wakao proseguì: «Non ti sto chiedendo di venire a risolvere un qualche problema. Ma, Kazuno, tu sei spaventata quanto lo sono io, non è vero? Vorrei soltanto verificare se anche tu, al negozio, ti imbatti nelle mie stesse sensazioni. Dal giorno della prova di coraggio, ogni volta che entro al Gaia Bazar avverto una forte…». Si interruppe ancora.

Nella smorfia che le sfuggì, riconobbi una limpida paura.

Wakao cercò di mantenere la calma regolando il respiro, provando a gestire le sue terribili percezioni. Con grande sforzo, riuscì a imprimersi un sorriso appena accennato sulle labbra.

Dato che non vi era la minima traccia della falsità che avevo scorto la prima volta che avevo incontrato il gruppo ma, al contrario, la paura di Wakao era autentica, mi ritrovai a esitare.

Le rivolsi un sorriso amichevole simile al suo, prima di sussurrare: «La verità è che sono proprio spaventata...».

«Anch'io lo sono!», disse lei alzando improvvisamente la voce. Tutta la preoccupazione che aveva accumulato fuoriuscì in quell'esclamazione. «Oh, perdonami». Portò in fretta una mano davanti alla bocca.

Mi accorsi che le tremavano le mani, e fu come ricevere un colpo senza preavviso, poi riuscii soltanto a fare un chiaro movimento di assenso con la testa.

«Andiamo», dissi, e sentii i peli drizzarmisi sul collo.

«No, se non vuoi...», si oppose Wakao scuotendo la testa, le lacrime agli occhi.

«Va tutto bene. Andiamoci ora, come hai detto tu. Se fiutiamo una presenza mostruosa, ce la diamo subito a gambe!», proposi, scoppiando a ridere e prendendomi in giro.

Avevo reagito con una tale leggerezza a causa della mia natura da ficcanaso, della mia curiosità o per l'impeto del momento? No, era probabile si trattasse di un moto di compassione, oppure di debolezza di carattere. Prima di allora, mi ero già trovata parecchie volte invischiata fino al collo in questioni che non comprendevo, sprovvista delle abilità necessarie per affrontarle. A chiunque dicevo che era un modo come un altro per portare il pane a casa, ma non era affatto così semplice. Tanto per cominciare, io credevo nei fenomeni paranormali e conoscevo i rischi a cui andavo incontro. In più, mio malgrado, ero facilmente impressionabile.

In risposta alla mia risata, Wakao emise un sospiro di genuino sollievo.

Scioccamente, mi illusi che quel suo gesto spontaneo fosse di buon auspicio.

«Un minuto sarà sufficiente. Non voglio attirare alcun male su di te, Kazuno». La ragazza si alzò e prese la ricevuta, decisa a offrirmi lo spuntino.

Mentre mi affrettavo a seguirla, avvertii di nuovo un peso crescermi dentro, in profondità, nello stomaco.

Forse il male era già lì con noi?

La mia intuizione era assolutamente corretta.

9

Durante il viaggio in treno fino al quartiere del negozio, chiesi a Wakao di Tazaki e Onodera. Lei precisò ancora che da parecchio tempo non li incontrava, poi mi fece un breve resoconto di ciò che sapeva sulle loro recenti condizioni.

Tazaki non pareva essere guarito ancora del tutto dalle punture d'insetto velenose. Fin dall'inizio le aveva sempre tenute avvolte da un bendaggio, ma quando si erano salutati l'ultima volta, le nascondeva solo con la manica lunga. Ciononostante, il denso sfogo rossastro si era esteso fino alle dita, risultando comunque visibile.

«A parte questo, è allegro come al solito», disse Wakao con aria un po' confusa.

Onodera, invece, non lo vedeva quasi mai. Qualche tempo addietro, aveva sentito dire a Yaguchi che era completamente assorbito dalla fotografia e che, sbrigato il lavoro part-time, se ne andava sempre in giro con la sua motocicletta.

Anche a me era giunta voce della sua passione per la fotografia paesaggistica, sebbene non avessi mai potuto vedere i suoi lavori. Quello che aveva colpito Wakao, quando era riuscita a dargli un rapido sguardo a lavoro, era che, all'opposto di Yaguchi, lui era dimagrito al punto di ricordare un ramo secco.

«Chissà come mai...», commentai io con un fil di voce.

Ancora una volta, se considerati singolarmente, erano fatti che potevano esser attribuiti con facilità a una spiegazione logica. Non c'erano indizi di legame apparente tra quanto accaduto a loro tre, e nulla impediva di considerare le loro situazioni delle semplici fatalità della vita.

Forse Wakao esitava a parlarne perché temeva di venire derisa, data l'evidente assenza di collegamenti fra quegli eventi. Come lei, anche io detestavo l'idea di passare per il tipo di persona pronta a collegare qualsiasi minuzia a fenomeni paranormali, ragion per cui mi limitavo a darle risposte inconcludenti. Ma al di là delle apparenze che cercavamo di mantenere, sapevo che entrambe la pensavamo allo stesso modo. Dalla visita a Iwaiyama, tutti erano divenuti strani.

Appena scendemmo alla fermata più vicina, l'osservai con attenzione.

«E tu, Wakao? Esclusi i sogni, va tutto bene?».

Senza dirlo esplicitamente, con quella domanda palesai il mio pensiero. Io collegavo quei fenomeni alla prova di coraggio, e a quanto pareva anche Wakao, che rispose dapprima con uno sguardo che assomigliava a un sorriso, poi con un sussurro.

«Per ora, tutto bene».

Annuii in silenzio, e lei non proseguì sull'argomento.

Voltato un altro angolo, il Gaia Bazar sarebbe apparso ai nostri occhi. La tensione provocata dall'idea di avvicinarci a quel posto ci aveva ammutolite, mentre superavamo le piccole attività che fiancheggiavano la via, tutte chiuse, eccezion fatta per un bar e una taverna. Quegli unici due locali con le luci accese erano per giunta ben isolati acusticamente, quindi all'esterno non ci raggiungeva alcun suono.

Non passavano quasi auto, per le strade.

Sapevo che in parte era dovuto ai miei nervi, ma quell'oscurità e quel silenzio, uniti all'aria tiepida che ci avvolgeva, stavano avendo su di me un effetto opprimente.

Voltammo l'angolo e i due esercizi apparvero uno di fianco all'altro, alla base di un edificio a cinque piani totalmente anonimo. Con la sua porta di legno chiusa, lo Swami era anch'esso silenzioso, appena illuminato dalla luce dei lampioni. Anche il vicino Gaia Bazar, con la serranda abbassata, aveva l'aspetto ordinario di un qualunque negozio dopo l'orario di chiusura.

Senza dire una parola, Wakao estrasse un mazzo di chiavi e sbloccò la saracinesca. Non era elettrica, perciò ne sollevò una metà, solo per arrivare fino alla maniglia della porta in vetro che, con un'altra chiave, aprì a sua volta.

"Neanche qui hanno le porte automatiche", pensai mantenendo lo sguardo su Wakao.

Nell'istante stesso in cui aveva alzato l'avvolgibile, un

soffio gelido mi aveva sfiorato la pelle. Doveva essere l'aria raffreddata dal condizionatore rimasta ancora all'interno del locale. Nonostante mi fossi data quella spiegazione, ebbi comunque difficoltà a guardare avanti, nell'oscurità che si estendeva al di là dal vetro.

Il buio, però, non era affatto dominante. Il bagliore proveniente dai lampioni stradali e le luci di emergenza schiarivano leggermente l'interno. Soltanto le ombre degli scaffali stipati di prodotti apparivano sinistre, dietro la vetrina contro cui si rifletteva la luce esterna.

Wakao spinse la porta a vetri ed entrò. Al suo seguito, feci anche io mezzo passo nel negozio. Pur non riuscendo ancora a guardare davvero avanti, con la coda dell'occhio vidi Wakao premere un interruttore.

Di colpo, un tappeto rosso si accese sotto i miei piedi e, finalmente, alzai lo sguardo.

Le scansie del Gaia Bazar erano colme di bottiglie, barattoli e confezioni colorate contenenti prodotti giunti da vari Paesi del mondo. Anche se non c'erano cibi freschi, l'atmosfera era quella di un piccolo supermercato in un villaggio di campagna. Tuttavia, mancava la stessa aria di vissuto di certi luoghi, probabilmente a causa della disposizione degli scaffali e del gusto particolare di chi gestiva il negozio.

Sulla parete sinistra, due mensole sovrapposte ospitavano prodotti dall'aspetto ordinario. All'angolo, un grande cesto di vimini circolare conteneva della pasta lunga. Un piano dirimpetto all'ingresso era dedicato ai cosiddetti "articoli in evidenza", e al momento esponeva varietà di miele da diversi Paesi, ciascun vasetto accompagnato da una spiegazione. Se fossi stata una normale cliente, avrei senza dubbio acquistato diversi prodotti, come per esempio il miele italiano, che trovavo davvero interessante.

Tra la parete di destra e la cassa lo spazio era piuttosto ampio, ma non c'erano generi alimentari esposti lì. Su uno scaffale, realizzato con lo stesso legno grezzo dei tavolini dello Swami, era esposta una miscellanea di prodotti etnici asiatici: accessori e tipiche gemme spirituali erano in bella mostra su piedistalli in pietra o legno, o su espositori in tessuti vari.

Sembrava tutto in ordine.

Rimanendo sulla soglia, tornai a guardare Wakao, che non si era più mossa dopo aver toccato l'interruttore. La sua postura era come pietrificata. Soltanto i suoi occhi lanciavano su di me uno sguardo che esprimeva dubbio, supplica e una specie di richiesta di aiuto.

"Non sono mica il tuo canarino da miniera di carbone…", avrei voluto dirle.

Riluttante, proseguii all'interno. Per prima cosa, mi diressi verso le scansie di generi alimentari. Pasta corta, sciroppo d'acero, aceti vari e olio d'oliva. A me facevano soltanto venire voglia di fare compere.

Il registratore di cassa aveva ancora uno scontrino che spuntava fuori, il che poteva essere curioso, ma non certo un dettaglio inquietante.

"Non si sarà lasciata suggestionare e basta?".

Wakao percepiva sul serio qualcosa di bizzarro in quel

posto? Il modo in cui avevamo parlato mi aveva spinta a pensare che avessimo sensibilità simili, ma al di là dei gusti personali, le sensazioni di un certo tipo possono variare fortemente da individuo a individuo. In un test psicologico, ai soggetti vengono poste domande come «Qual è il luogo in cui ti senti più a tuo agio?» o «Cosa preferisci tra mare e montagna?». Tuttavia, se due persone scelgono entrambe la risposta *mare*, potrebbe venir fuori che uno preferisce le spiagge sabbiose e l'altro gli scogli. Le immagini che si formano nella testa di ognuno di noi, in risposta a un concetto generale, possono differire infinitamente.

"Ne ho abbastanza anche di lei!", pensai esasperata. "Farmi venire fin qui a tarda notte, come per divertimento...".

Se avessi saputo sarebbe andata in quel modo, dal ristorante me ne sarei tornata dritta a casa. E basta.

Sentendomi arrabbiata, di riflesso il mio passo si fece più svelto. Più mi innervosivo, più perdevo interesse. Superai il registratore di cassa e, dietro una lavagnetta in sughero con affissi dei promemoria, scorsi una porta. Doveva trattarsi di un magazzino o di un ufficio. Non notando nulla di strano, oltrepassai anche quella.

D'improvviso, senza avvisaglia alcuna, entrambe le mie ginocchia cedettero. Il pavimento, che avrebbe dovuto essere rigido, si era appena trasformato in una spugna priva di consistenza.

Ebbi giusto il tempo di realizzare la mia sorpresa che...

«Kazuno!», mi giunse forte il grido di Wakao.

«Cosa?».

Aprii gli occhi. Ero stesa più o meno a faccia in giù sul pavimento. Non avevo memoria di come ci fossi finita, dovevo aver perso conoscenza per alcuni secondi.

Scattai in piedi.

«Che ti è successo? Ti senti bene?!».

Wakao sembrava già sul punto di mettersi a piangere. Feci per risponderle, ma non ci riuscii. Ebbi l'impressione di soffocare, tanto l'odore nella stanza era fetido. Era disgustoso, come se qualcuno avesse messo della spazzatura marcia sotto il nostro naso. Mi coprii rapidamente la bocca, interruppi Wakao con un gesto della mano e tornai nella direzione da cui ero venuta. La porta dell'ufficio, il registratore di cassa, gli scaffali espositivi, l'ingresso. A ogni tappa presi dei brevissimi respiri, ma il fetore permaneva.

Mi diressi alla sezione miscellanea. Non appena oltrepassai quello spazio, fu come se avessi attraversato un muro invisibile. L'odore svanì e notai un cambiamento nella pressione dell'aria. Era una spiacevole sensazione, come se un'elettricità statica mi stesse tenendo in piedi.

Mi guardai intorno nelle quattro direzioni.

Visto da fuori, il mio comportamento doveva apparire strambo.

Wakao mi guardava, l'espressione impaurita. Senza tornare da lei, mi voltai in silenzio, poi mi fiondai rapida verso l'uscita.

«Kazuno!». Wakao mi corse dietro. «A-Aspetta un attimo!».

La fermai di nuovo con un gesto della mano, inspirando aria nei polmoni. Ero agitata, le ginocchia che mi tremavano, e mi ero appena resa conto di una cosa.

Non era vero che non avvertivo nulla di anomalo. Ero stata solo disattenta.

Anzi, avevo persino rischiato di diventarne una *vittima*...

Mi era già capitato di notare simili avvisaglie in luoghi definiti "maligni". Fetori putridi e mutamenti di pressione atmosferica. Per quanto li avvertissi come segnali anomali, in un certo senso mi erano familiari. Per questa ragione li avevo riconosciuti subito.

Quello di cui davvero avevo paura, però, era che al Gaia Bazar si fosse insinuata una presenza capace di impedirmi di percepire a pieno quelle anomalie. *Qualcosa* che avrebbe provato a schiacciarmi senza nemmeno spaventarmi.

"Per Yaguchi e gli altri è senz'altro lo stesso", pensai con la pelle d'oca.

La malizia che avevo provato poco prima. La stizza nei confronti di Wakao. Quella mia arroganza.

"Ancora un po' e sarei finita come loro...".

«È spaventoso, eh?».

Recuperato finalmente il fiato, sorrisi a Wakao. A causa del sudore, i capelli mi si erano incollati alle guance. Li scostai con il palmo della mano e raddrizzai la schiena per simulare una sorta di controllo.

«Cos'è successo?», chiese Wakao con voce appena tremante.

«Non saprei dire… ma ho avuto paura».

«Di cosa?»

«Non lo so. O almeno, ancora non l'ho capito», risposi evasiva.

Tornai a studiare l'interno del negozio dall'uscio e, quando decisi di rientrare, Wakao afferrò la mia mano.

«Stavolta, forse, andrà meglio», le dissi annuendo.

Non cercavo di fare l'eroina. Piuttosto, ero avvilita. Fino a quel momento avevo pensato che Yaguchi fosse strana e Onodera irritante, ma ora cominciavo a sentirmi proprio come loro, e non potevo sopportarlo. In altre parole, sentivo d'esser stata fregata, come quando si scopre d'esser stati coinvolti in una frode bancaria. Stavo vivendo qualcosa che credevo capitasse sempre e soltanto agli altri.

Avanzai nel negozio col piede di guerra. Ovviamente avevo ancora paura, ma non sarei caduta di nuovo nella stessa trappola. La prima volta non ero stata abbastanza preparata, mi ero abbandonata presto al panico, senza affinare tutti e cinque i sensi. Forse, con la massima concentrazione, ora avrei potuto scoprire qualcosa.

Invece, appena fui abbastanza dentro, con Wakao alle mie spalle, mi sentii terribilmente a disagio. Erano i rimasugli della paura di prima oppure il mio intuito stava suonando un campanello d'allarme?

Cercando di analizzare le mie sensazioni, proseguii sulla destra, lungo l'area con esposti gli articoli di varia natura. Stavolta avvertii un odore che mi ricordò una palude.

«È questo il punto più inquietante?», chiesi a Wakao con tono inquisitorio.

Forse inspirò anche lei lo strano olezzo, perché si limitò ad annuire senza aprir bocca.

Mi guardai attorno, cercando di rimanere obiettiva. Non riuscivo a individuare alcuna plausibile fonte di quel cattivo odore. Anzi, dal momento che era un sentore diverso da prima, non aveva alcun senso cercarne la causa in un oggetto materiale. Ma trattandosi di fattori che travalicavano la realtà, io non ero in grado di decifrare alcunché, il massimo che potevo concludere era che il luogo che mi risultava più sinistro era lo stesso indicato da Wakao.

Non ho mai desiderato essere una medium, però devo ammettere che in momenti simili avrei preferito avere un tantino di sesto senso in più. In quella situazione, io e Wakao eravamo allo stesso modo disarmate. Malgrado ciò, ero convinta che le sue capacità percettive fossero comunque superiori alle mie, perché a differenza mia lei non era ancora mai stata una *vittima*.

"Più tardi vorrà sapere nel dettaglio quello che ho provato… ma temo proprio che resterà delusa".

Sarebbe stato meglio se avessi rifiutato con fermezza la sua proposta sin dall'inizio, invece di farmi prendere dall'ingordigia. Non avrei scoperto quello che desiderava dirmi, certo, ma non mi sarei nemmeno trovata invischiata in una situazione tanto spiacevole.

Seppur pentita, per scrupolo decisi di controllare ogni minuzia.

«Quella porta dove conduce?»

«All'ufficio e al magazzino», rispose Wakao.

Quindi, poco prima ci avevo visto bene.

Lei aprì la porta tirandola verso di sé. Dentro le luci non erano accese, ma il resto del negozio era abbastanza illuminato da permettermi di scorgere l'interno.

Wakao entrò e si lasciò sfuggire una piccola esclamazione.

«Cosa c'è?»

«Il portatile...».

Sbirciando, notai una luce bluastra riflessa sugli scaffali in acciaio. Girai il capo e vidi il computer sulla scrivania rivolta alla parete, ancora acceso. Non avevano impostato un timer di spegnimento?

La luce sfarfallava. Forse lo screensaver era in funzione.

«Di nuovo...», mormorò insoddisfatta tra sé e sé Wakao, prima di dirigersi alla scrivania senza accendere la luce. Scoprire che i suoi colleghi non avevano badato a quello spazio l'aveva senza dubbio riportata alla realtà.

La ragazza premette un pulsante sulla tastiera e la luce dello screensaver si spense.

Subito dopo, Wakao lanciò un grido acuto e balzò indietro. Urtò una sedia e la rovesciò. Barcollando, sbatté forte la schiena contro i ripiani alle sue spalle.

Corsi subito da lei, che tremava di paura, poi guardai il portatile.

Sullo schermo c'era una foto. Una diroccata e fatiscente casa giapponese coperta di erbacce e rampicanti. Bambù secchi e ingialliti spuntavano tra le tegole del tetto.

«Sono gli alloggi della segheria...?», domandai fissando l'immagine.

Wakao annuì con brevi e nervosi scatti del capo.

C'era una ragione per cui le avevo chiesto conferma: era una foto che non avevo mai visto. La scena riflessa sullo schermo sembrava essere stata catturata di giorno, alla luce del sole, e non di notte.

Mi avvicinai al computer e cominciai a trafficare nervosamente con i file. La fotografia digitale permetteva di apportare aggiustamenti tali da rischiarare persino gli scatti notturni. Per capire se la foto era stata ritoccata, mi sarebbe bastato confrontarla semplicemente con le altre. Quindi tornai alla cartella, ma su tutto lo schermo apparvero righe e colonne di immagini. Le aprii e scoprii che erano degli effettivi scatti diurni delle rovine che non avevo mai visto prima.

Trovai circa altre trenta cartelle contenenti fotografie con date e orari differenti, tutte rinominate con la frase: "Prova di coraggio". Contenevano un centinaio di file ciascuna, i soli soggetti principali erano il sito dell'ex segheria e il sentiero montano.

Avevo la pelle d'oca dalle dita dei piedi alla sommità della testa. Onodera aveva continuato a visitare da solo quei luoghi, risalendo la vetta in motocicletta, scattando fotografie. Il titolo "Prova di coraggio" indicava forse che continuava ad andarci per divertimento, come aveva fatto quella volta con gli altri.

Oppure...

Il mio rigido modo di pensare si rifiutava di proseguire il ragionamento.

Wakao tornò al mio fianco e allungò un braccio, intenzionata a spegnere il computer. Quando però impugnò il mouse, la sua mano tremava così tanto da non riuscire a tenere fermo il puntatore. Così, senza volerlo, finì senza volerlo per aprire un altro file. Be', sarebbe stato molto meglio lasciarlo chiuso. Non era chiaro da dove fosse stata scattata quella foto, ma era un'inquadratura dall'alto che mostrava per intero le rovine e la montagna sullo sfondo.

Wakao deglutì, prima di muovere nuovamente il mouse. Seguii i suoi spostamenti con gli occhi e d'improvviso fui colta dalla più intensa paura che avessi provato fino a quel momento.

«Usciamo!».

Senza nemmeno rendermene conto, saltai in piedi e l'afferrai per le spalle.

«Ma l'alimentazione...».

«Non importa, sbrigati!».

Mentre la trascinavo con foga, uno strano suono riecheggiò dallo scaffale alle mie spalle. Non potemmo distinguere di che cosa si trattasse, sapevamo soltanto che non apparteneva a quel luogo.

Ci guardammo l'un l'altra, immobili e ammutolite.

Poi il rumore si ripeté, ma stavolta più forte.

Uno schianto. Legno vecchio e umido. Sembrava lo scricchiolio di una vecchia casa.

Mi accorsi che lo schermo del computer oscillava. Con un balzo, andai a premere con forza il pulsante di spegnimento, quasi tirando un pugno al pannello, e barcollando fuggii via, fuori dall'oscurità di quell'ufficio. Wakao mi seguì emettendo uno strano lamento.

Attesi che uscisse anche lei dalla stanza e chiusi la porta alle nostre spalle.

In seguito, agimmo senza più dire una parola. Spegnemmo le luci del negozio, chiudemmo a chiave la porta d'ingresso, abbassammo e bloccammo la saracinesca. Fuori, continuammo a correre fino alla via principale, dove un gran numero di automobili andava e veniva. I fanali, i rumori e le numerose luci del quartiere furono in qualche modo rassicuranti.

Mi portai le mani alle ginocchia. Avevo il fiatone ed ero sudata.

Dopo aver recuperato un po' il fiato, guardai Wakao, che con un aspetto simile al mio mi fissava dall'alto.

Appena incontrai i suoi occhi, mi lasciai andare a una risata esausta.

L'espressione di Wakao era così disperata che mi spingeva a sghignazzarle in faccia. Vedendomi reagire in quel modo, anche lei non riuscì più a trattenersi e si mise a ridere.

Andammo avanti così a lungo, ridendo a crepapelle, senza curarci dei passanti.

Era il sollievo per esserci salvate.

Ma, ancora di più, erano la nostra pena, la nostra debolezza e la nostra indecenza, ad apparirci comiche.

"Che idiota!", pensavo, e poi ridevo ancora di me stessa.

Mi ero arrabbiata? Mi ero messa sul piede di guerra?

No, avevo soltanto dimostrato di aver perfettamente ignorato i miei limiti.

Cosa mi ero illusa di poter affrontare? E come?

Io e Wakao non eravamo altro che due creature pusillanimi, pronte a scappare terrorizzate al minimo rumore!

10

Dopo quella notte, non uscii di casa per circa dieci giorni di fila.

Continuai a lavorare al manoscritto, mettendo il naso fuori soltanto per andare a fare la spesa nelle vicinanze.

Da Wakao non ebbi notizie, né io ero intenzionata a contattarla per prima.

Dopo esser scappate dal negozio, eravamo salite su un taxi per tornare al punto in cui ci eravamo incontrate. Poi avevamo passato il resto della serata in un ristorante, più che altro portando avanti delle chiacchiere senza senso. Avevamo parlato delle differenze tra le varietà di fagioli di soia presenti sul menù; del fatto che il personaggio più celebre nativo del villaggio di Wakao fosse probabilmente Minakata Kumagusu; di cosa preferissimo tra cani e gatti eccetera.

Nessuna delle due aveva menzionato quanto accaduto al Gaia Bazar. Tra noi, si era creata una tacita intesa che non necessitava di alcuna conferma. Sapevamo entrambe che si era trattato di qualcosa che non eravamo in grado di gestire o riguardo cui, a prescindere, non c'era ormai più nulla da fare.

Avevamo unicamente accennato a quale potesse essere la prossima mossa di Wakao.

«Forse è un po' estrema, ma la soluzione più semplice e sicura per te sarebbe lasciare il lavoro allo Swami», avevo osservato io. «Oppure potresti attendere e, al primo nuovo episodio bizzarro, allora...».

«E tu, Kazuno?»

«Io non voglio più saperne nulla. Mi dispiace per Yaguchi, certo, ma posso chiudere il discorso accettando il fatto che negli ultimi tempi sia diventata una persona strana, oppure ribadendo che non mi sarei mai aspettata comportamenti del genere da parte sua. Insomma, non sono rare le conoscenze troncate per ragioni simili».

Ero stata molto schietta, e Wakao si era fatta silenziosa. Forse mi giudicava fredda.

Tuttavia, in passato io avevo già preso le distanze da Yaguchi, in circostanze non molto diverse, quindi la prospettiva di ripeterlo non mi turbava più di tanto.

Tazaki e Onodera, invece, ai miei occhi erano degli estranei. Quello che sarebbe capitato loro non era affar mio.

«A proposito, c'è qualche motivo per cui non piaci a Yaguchi?», le avevo chiesto restando in argomento.

L'ostilità verso Wakao che era emersa nella sua email e l'atteggiamento di Yaguchi allo Swami mi avevano infastidita.

Wakao aveva inclinato leggermente il capo.

«Non ricordo di averle fatto nulla di male. Però, sembra che a Yaguchi piaccia Onodera e per qualche ragione pare abbia frainteso il nostro rapporto. Si è convinta che io e lui siamo molto uniti».

«Sul serio?».

Ripensandoci, Yaguchi aveva sempre avuto un debole per gli uomini gentili e con la vena da artista.

«Ma, allora, non capisco perché ti abbia invitata alla prova di coraggio. Se davvero a lei piace Onodera, sarebbe stato meglio tu non ci fossi, no?».

Le case infestate sono ottimi sfondi per gli appuntamenti. In fondo, non creano le situazioni ideali per strillare e giocare l'affascinante carta della propria fragilità femminile?

«A detta sua, era riluttante all'idea di essere l'unica donna a partecipare», aveva replicato Wakao dubbiosa, sollevando un solo sopracciglio.

Avevo già sentito quel tipo di spiegazione. Ma Yaguchi era stata davvero spaventata da quella prospettiva? Oppure voleva soltanto dimostrare alla rivale che avrebbe conquistato Onodera? Ormai non c'era modo di saperlo.

Comunque, era stato un sollievo scoprire che i sentimenti nei confronti di Wakao erano di semplice gelosia. Non era un problema legato a quella prova di coraggio, né avrebbe richiesto il mio intervento.

"Fa parte delle relazioni umane", mi ero detta.

Mi ero appoggiata allo schienale e avevo proseguito: «Sarebbe diverso se anche tu fossi invaghita di lui, ma se così non è, la cosa migliore è lasciarli da soli. Potrò sembrarti fredda, ma non c'è nulla di male a pensare prima alla tua sicurezza. Anzitutto, perché non trovi un posto in cui puoi startene tranquilla? Se poi ti rimarranno energie sufficienti, potrai preoccuparti anche degli altri».

Wakao aveva spalancato gli occhi per fissarmi sorpresa e poi, lentamente, aveva annuito.

Tagliare i rapporti con i propri amici è di certo doloroso. Eppure, solo un abile nuotatore può salvare chi sta affogando. Se il soccorritore stesso è in difficoltà, come potrebbe aiutare qualcun altro? In quel momento, sia io sia Wakao saremmo colate sul fondale come piombo.

Sebbene all'inizio avessi creduto di poter nuotare, presto ero stata inghiottita da onde sconosciute e, chissà come senza perdere conoscenza, con le mie forze ero riuscita a malapena a trascinarmi sul pontile. Non ero certo un'eroina, io.

Wakao sembrava essersi convinta. Ovviamente non potevo sapere cosa pensasse davvero, ma lei aveva continuato ad annuire, e ciò mi bastava a considerare chiusa la faccenda.

Io volevo archiviare tutta quella storia il prima possibile. Così, nei giorni seguenti avevo cominciato a pensare ad altro e mi ero concentrata sulla scrittura. Dopo aver deciso di ritirarmi, avevo anche smesso di fare brutti sogni.

La sensazione di inquietudine che mi aveva perseguitata come una coltre di fumo era svanita. Ero felice di essermi finalmente liberata da Iwaiyama. O meglio, di essermi talmente focalizzata su altro da non avere più il tempo per preoccuparmi di rompicapi simili.

La scadenza si avvicinava rapida, tra l'altro. Non era un comportamento da professionista, lo sapevo, ma dovevo riempire più pagine possibili in breve tempo, senza un obiettivo finale in mente e nonostante la rassegnazione. Sapevo che non avrei ricavato un buon romanzo, da quello sforzo immane.

La proposta di Yaguchi di usare loro come ispirazione restava allettante. Perlomeno, c'erano testimoni. In più, avevo ricevuto il suo permesso, per cui ero ancora molto tentata di includere il loro episodio.

Ripensandoci, però, vi erano ben pochi avvenimenti appartenenti a quel caso che potessero collocarsi in una storia di fantasmi. Considerando che la parte più spettacolare sarebbe stata la visione dell'altare buddista, i limiti della vicenda erano evidenti. Inoltre, la storia che stavo scrivendo aveva come antefatto una prova di coraggio svolta in un cimitero, e la combinazione con l'altare buddista sarebbe stata fin troppo scontata.

Be', per la verità, la maggior parte delle storie di fantasmi che ci sono in giro è piuttosto scontata. I protagonisti soffrono di paralisi del sonno, vengono assaliti e strangolati da un fantasma, hanno un incontro fortuito con uno spirito, oppure appena si trasferiscono in una nuova città, o casa, subiscono una serie di sfortune e di lì a poco scoprono di trovarsi su un terreno maledetto.

Sentire raccontare testimonianze di questo tipo può fare impressione, ma nella scrittura di finzione non funzionano più.

Avevo quindi respinto la tentazione di ispirarmi alla combriccola e continuato la mia lotta disperata con il manoscritto, che era ben lungi dall'essere ultimato.

Purtroppo, i miei sforzi furono interrotti dall'arrivo di due email: una di Yaguchi e una da parte del mio editor. Per un istante, pensai di eliminare entrambe le notifiche senza nemmeno leggerle, ma cambiai subito idea e le aprii.

La comunicazione dell'editor avrebbe potuto anche contenere la buona notizia di un posticipo della scadenza. L'email di Yaguchi avrebbe potuto essere piacevole…

Erano vane speranze, le mie. Lo sapevo bene. E in entrambi i casi quelle aspettative furono ampiamente deluse.

L'email dell'editor, come suggerito anche dal titolo "Come sta andando?", era un'indagine su come procedeva la stesura. Il "Come va?" di quella di Yaguchi, invece, era seguito da un'unica riga di testo: «Cosa ne è del nostro romanzo? Mi raccomando, usaci come modelli!».

Non appena lessi quelle parole, per qualche ragione la mia mente entrò in confusione.

"È vero. Avrei dovuto includere la loro storia nel manoscritto…", pensai per un istante.

Mi ci volle qualche secondo per rendermi conto che

in verità non avevo mai fatto una promessa del genere. Avevo temuto di averla fatta e non ricordarlo, poi conclusi che no, non c'era stata alcuna promessa.

Tuttavia, mi inquietava la prospettiva che, una volta letto il romanzo ultimato, Yaguchi potesse risentirsene. Mi riapparve davanti il volto di lei che mi urlava contro allo Swami. Quell'espressione. Quelle grida… Ora che lo shock era passato, il ricordo suscitava in me disagio e timore, ma allo stesso tempo anche una sorta di rabbia per essere stata aggredita senza ragione.

"Non voglio più che si ripeta nulla di simile", mi dissi.

Schioccai la lingua, strofinai una mano sul viso e strinsi con forza i denti.

Non so se fosse il rimpianto per essermi tirata indietro, ma stranamente mi sentii triste. Avevo perso un'amica e la cosa mi toccava nel profondo del cuore. Non eravamo mai state intime, io e lei, tuttavia Yaguchi non era una cattiva persona. A volte poteva risultare un po' irritante, certo, però tutto sommato non la ricordavo una tipa così male. Quella faccenda l'aveva trasformata.

«Come è successo…?», mi uscì di bocca, tra i dubbi e i rimorsi.

Quando chiusi l'email, sullo schermo riapparve il mio manoscritto. Nella scena in stesura, la protagonista che per divertimento aveva profanato una tomba stava piangendo disperata.

"Non voglio scrivere un romanzo come questo", pensai.

Anche se la responsabilità di ogni disavventura era sua, non c'era bisogno di punirla tanto duramente.

Mi allontanai dal computer e, da quel momento in poi, il mio lavoro subì di nuovo un arresto.

«Sei un po' dimagrita, non è vero?».

Satomi mi osservava mentre camminavamo.

«Non sto facendo grandi progressi con il manoscritto», risposi vaga.

Avevo telefonato alla mia amica per risollevarmi il morale, rattristato dall'email di Yaguchi, e lei aveva annunciato che, dopo aver consegnato un progetto, sarebbe andata a fare compere in un negozio specializzato in articoli per attività all'aperto. A quanto pareva, in quel periodo c'erano i saldi. Così, siccome mi andava di vederla, avevamo deciso di incontrarci a Kanda due giorni dopo.

Ormai avevamo già finito con gli acquisti. Lei aveva comprato una giacca con cappuccio anti-raggi UV di un materiale innovativo; io un nuovo cappello da pioggia.

Quando eravamo uscite dal negozio erano già le sei inoltrate, ma essendo da poco passato il solstizio d'estate, il sole non accennava a tramontare. La stagione delle piogge era al termine, infatti non c'erano più state precipitazioni troppo intense nell'ultima settimana.

Per evitare il sole cocente, camminavamo lungo la via zigzagando da un'ombra all'altra.

«Visto che abbiamo comprato degli indumenti nuovi, perché non andiamo in montagna a fare una gita?», propose Satomi con voce briosa.

«Sì, sarebbe bello!».

«E con il manoscritto, invece? Pensi di fare in tempo?».

Continuammo le nostre chiacchiere andando alla ricerca di un posto in cui mangiare.

«La mia nuova canzone preferite è *Shōnen yo* di Fuse Akira».

«Oh, la conosco!».

«Perfetto!».

Parlare del più e del meno era davvero divertente.

Vagammo ancora un po', finché non entrammo nel primo locale di karaoke. Ultimamente, quei posti offrono anche una grande varietà di cibi. Finito di ordinare le pietanze, Satomi tirò fuori uno spesso libro.

«Ah, dimenticavo! Prima di cominciare, guarda che ho qua...», disse richiudendo la borsa da cui l'aveva estratto. «Ti ho portato un pensierino».

«Un pensierino?».

Inclinai la testa di lato e lei estrasse dal libro numerosi fogli di carta, che posò sul tavolo.

«L'altro giorno, in biblioteca, ho trovato qualcosa di interessante. Ti ho fatto delle fotocopie», spiegò con una certa serietà, poi aprì uno dei fogli piegati in due.

Era una vecchia mappa in bianco e nero.

Non appena vi posai lo sguardo, mi irrigidii.

«Sai, per il mio prossimo lavoro devo disegnare una casa colonica d'epoca prebellica. Ero in cerca di materiali con illustrazioni che mi potessero ispirare, quando per caso ho trovato questo».

Satomi si sporse in avanti e indicò un punto sulla mappa. Trattenni il fiato e guardai anche io. La precisione era di gran lunga inferiore rispetto alle cartine moderne, ma la curva della strada di prefettura e la forma dei rilievi erano familiari. Sul punto indicato era scritto il nome di una montagna: Iwaiyama.

Al di sotto di quei caratteri, era riportato un nome alternativo, con relativa lettura: *Ihaiyama*, ossia "Montagna delle tavolette mortuarie".

Rimasi scioccata, come se qualcuno mi avesse colpita senza preavviso alle spalle. Presi il foglio tra le mani, osservai la mappa, poi passai al resto delle fotocopie e al volume sul tavolo. Il titolo del libro era *Storia e folclore della Provincia di Kōzuke.* All'interno del testo, di difficile lettura, dalla sezione sulle montagne la mia amica aveva gentilmente estratto il segmento dedicato a Iwaiyama.

Iwaiyama
Altezza: 649 metri.
Altrimenti detta Ihaiyama. È conosciuta anche come *Imiyama*, "Montagna del lutto". Al nome infausto venne sostituito Iwaiyama, ma nella zona è chiamata ancora *Irazuyama*, che significa "Montagna proibita". Non un singolo albero o pianta devono esserne rimossi. È anche ritenuta la dimora di un feroce *kami.*

«Sembra l'ambientazione perfetta per un romanzo horror! Hai avuto davvero un buon intuito!», disse Satomi eccitata.

Continuai a fissare il trafiletto, ammutolita.
Ihaiyama.
Imiyama.
Irazuyama.
Uno scenario inaspettato emerse nitido nella mia mente. Riuscivo a vedere il nero altare buddista, illuminato dal debole raggio di una torcia elettrica, situato nelle profondità di una montagna, a sua volta circondata da un folto bosco. La struttura in legno spalancava la sua bocca e vomitava tre tavolette mortuarie…
"Tre tavolette mortuarie…", ripetei nella mia mente.
Senza doverli immaginare a uno a uno, tre volti mi apparvero in contemporanea.
Feci un profondo respiro.
«Cos'hai?», mi chiese Satomi allarmata.
Di colpo, tornai in me e mi raddrizzai a sedere, cercando di controllarmi. La mia amica non era al corrente della situazione. Stavamo per cantare e divertirci, non avevo intenzione di rovinare l'atmosfera tirando fuori argomenti lugubri. Sforzandomi con tutta me stessa, scacciai via il mio spavento e lo feci passare per semplice stupore.
«Hai fatto davvero una grande scoperta!», dissi con un sorriso, fingendomi sorpresa.
«Già, all'inizio ho trovato soltanto la mappa. Tu, però, avevi detto che pensavi di scriverci un romanzo, no? Mi sono chiesta se potessi esserti utile in qualche altro modo. Così, ho provato a risalire alle sue origini. Questo è ciò che ho trovato a riguardo».

«Fantastico! Sei stata terribilmente premurosa!», dissi scherzando.

Satomi sembrò un poco imbarazzata, ma anche soddisfatta.

«Certo... Chi se lo aspettava che *iwai* diventasse *ihai*, e quindi "tavoletta mortuaria"! Con questo nome, fa davvero paura, non trovi?», continuai.

«Sembra proprio un modo per intimare "Altolà!" a chiunque voglia andarci», confermò, annuendo e alzando le spalle. Satomi amava sia le montagne sia le storie di fantasmi, perciò quella vicenda l'appassionava di certo. «Pare non siano pochi i luoghi il cui nome malaugurante sia stato sostituito in questo modo».

«Già. Sono sicura che in passato molte altre montagne si chiamassero Ihaiyama».

Non ricordavo dove, ma in un qualche documento avevo letto che numerose montagne chiamate "Ihaiyama" erano sparse per tutto il Giappone. Generalmente, si pensava il nome fosse dovuto alle sagome delle montagne che sembravano tavolette mortuarie, ma c'erano parecchi casi in cui le creste non ricordavano nulla di simile, da qualsiasi angolazione le si osservasse. La verità è che molte vette erano state battezzate Ihaiyama per ragioni funeste: perché erano state maledette dalla presenza di una tomba nascosta dove riposava un guerriero caduto, perché chiunque vi si era recato aveva trovato la morte, e così via...

«Pare vi sia una Ihaiyama anche a Chichibu, ma ormai non si sa più dove si trovi esattamente. Ogni volta che cammino per i monti in quella zona e me ne ricordo, ne ho il timore».

«Ci credo! Se si tratta di un suolo che è sconsigliato calpestare, perché non mantenere un toponimo che lo ricordi?»

«Sono d'accordo. Se senza saperlo, uno ci va e poi muore! Solo questo basterebbe a impedire al malcapitato di riposare in pace!».

«Già».

Presi in mano il catalogo delle canzoni e cominciai a sfogliarlo, decisa a non voler più parlare di montagne. Il peso sullo stomaco che negli ultimi tempi era svanito stava tornando a farsi sentire.

"Almeno stasera non voglio pensarci", mi dissi ostinata.

Scelsi le canzoni più allegre e dal ritmo più vivace che conoscessi. Tuttavia, qualsiasi brano cantassi, il mio entusiasmo non decollava. In più, gran parte delle pietanze che avevo ordinato con grande appetito restò intonsa, allineata sul tavolo a raffreddarsi.

Dannata Iwaiyama.

11

Rientrai a casa a tarda notte, ma non avevo voglia di mettermi a dormire, perché la mia mente era in subbuglio e non riuscivo a calmarmi.

Studiai più e più volte le fotocopie che mi aveva consegnato Satomi e poi, non soddisfatta, digitai "Ihaiyama" su internet. Esistevano forse altri dettagli, oltre al breve resoconto sulle origini di quel monte? Avrei potuto trovare una storia che suggeriva come rompere la maledizione di Imiyama?

La mia scelta di tirarmi fuori da quella vicenda restava immutata. Ciononostante, se fosse esistita una qualche via di salvezza, avrei voluto conoscerla. E avrei potuto riferire a Wakao eventuali scoperte...

Ero disperata.

Nella mia ricerca, trovai un monte Ihaidake nella Prefettura di Shizuoka. Era il secondo picco più elevato della catena montuosa Ashitaka, dirimpetto al monte Fuji. A fronte del recente boom di popolarità dell'arrampicata, molti sportivi avevano postato i resoconti delle proprie escursioni su per quella montagna.

Come motivazione per il suo nome, veniva riportata la somiglianza con una tavoletta mortuaria. Solo un articolo lo definiva un “nome funesto”, ma non riuscii a trovare alcun approfondimento sui misteri legati alla montagna, né testimonianze di persone che avessero assistito a eventi inspiegabili in quel luogo.

“Se non altro, sembra una vetta accessibile a scalatori di livello intermedio o superiore”, constatai.

In molti superavano il crinale e catturavano in un’unica foto lo Echizendake, il picco maggiore della catena, assieme alla sagoma del monte Fuji torreggiante alle sue spalle.

“Soltanto perché portano il nome ‘Ihai’, non vuol dire che siano tutte infestate”, conclusi.

Oppure... era forse possibile che, qualora i visitatori fossero numerosi, la sfortuna si diluisse fino a scomparire?

“In fondo, tutto nasce dalla superstizione...”, pensai con ottimismo.

Un’altra cosa che aveva attirato la mia attenzione era la pagina di introduzione del volume scovato da Satomi. Citava la descrizione di un monte Ihaiyama contenuta nelle *Cronache del villaggio Hinohara* di Uryū Takuzō.

“Dovrei avere quel libro, da qualche parte”.

Mi precipitai alla libreria. Lo avevo sfogliato per differenti motivi di ricerca, in passato, ma non ricordavo di aver letto nulla su Ihaiyama.

Era un tomo davvero notevole, la sua copertina era

rimasta impressa nella mia memoria nonostante non lo aprissi da anni.

Lo individuai subito e risalii al passaggio rilevante.

A Hinohara dimorano svariati luoghi infausti detti Ihaiyama. Si vocifera che chiunque acquisti un terreno su una Ihaiyama, tagli degli alberi o li bruci per ottenere carbone, vada incontro a sfortuna certa.

Alla voce "Ihaiyama", il dizionario *Kōjien* recita: «Montagna su cui le persone evitano di recarsi perché ritenuta portatrice di sventure».

Le ragioni per cui porterebbero sfortuna sono le più disparate: dall'essere stati in passato luoghi di esecuzioni, o scenario di morti misteriose, fino alla presenza di statue di Budda sepolte in profondità, nella terra.

Al contempo, quelle cime sono considerate luoghi sacri, che la gente comune non dovrebbe disturbare con la sua presenza.

Definizioni simili includono termini come *Kuseyama* (o *Kusechi*), che significa "Montagna o Terra malvagia", ma anche *Bachiyama,* "Montagna vendicativa", *Irazuyama* e così via.

A proposito di Ihaiyama, il monte Ihaidake (1458 metri), che fa parte della catena Ashitaka, merita una menzione. Sul suo versante sud, un grigio cratere di origine vulcanica gli conferisce un aspetto sinistro e, al di sotto del suo precipizio, si allunga la *Ihaizawa*, ovvero la "Valle delle tavolette mortuarie".

Circolano per tutto Hinohara numerose storie di persone che, dopo aver rilevato dei terreni su una Ihaiyama per estrarre legname o produrre carbone, si sono ammalate all'improvviso, hanno perso dei nipoti o sono rimaste senza abitazione a causa di un incendio. Tuttavia, i proprietari delle terre tacciono di proposito a riguardo, cosicché spesso la posizione di dette Ihaiyama non è chiara alla maggior parte della popolazione. Se si sapesse che si tratta di una Ihaiyama, qualsiasi compravendita sarebbe impossibile e i terreni non frutterebbero alcun valore. Difatti, tra gli acquirenti di terre disposte sulle Ihaiyama figurano soltanto dei forestieri della suddetta area.

Non potei far altro che sospirare. Neanche il monte Ihaidake sulla catena Ashitaka mi era di qualche aiuto.

Esaminai ancora le fotocopie che avevo sottomano. Era possibile collegare il loro contenuto alla descrizione in *Cronache del villaggio Hinohara*.

Iwaiyama era un'istanza di Ihaiyama, appartenente alla regione del Kantō.

"Tra gli acquirenti di terre disposte sulle Ihaiyama figurano soltanto dei forestieri", ripensai.

Anche quel pattern combaciava.

Mi tornarono in mente le parole di Tazaki. Aveva detto che il terreno della segheria aveva un trascorso lontano, che il proprietario non era del villaggio nelle vicinanze e che aveva acquistato la terra senza sapere nulla della storia di quel luogo. Ma non si era trattato di mancato interesse: probabilmente, quel poveretto non era stato informato di proposito.

Non era chiaro se Iwaiyama fosse una proprietà privata o municipale. Ma, se non altro, gli abitanti del villaggio più anziani sapevano della sacralità di quel monte di sicuro. E se in quel terreno si erano già verificati spiacevoli avvenimenti, prima dell'arrivo della segheria, persino qualcun altro, oltre agli anziani, doveva avere informazioni in merito. Malgrado ciò, la gente del posto non ne parlava mai con i nuovi arrivati, anzi: era probabile che ogni volta assistessero da lontano alle sciagure che si abbattevano sui forestieri con in volto l'espressione di chi se lo aspettava.

Le *Cronache del villaggio Hinohara* associavano lo svantaggio economico della gente dei villaggi alla volontà di occultare certe informazioni. Tuttavia, poteva anche darsi che le vere intenzioni dei locali non fossero così semplici. Coloro che vi erano nati e cresciuti in prossimità, consideravano Iwaiyama la propria casa, e sviluppavano con il monte una sorta di legame impossibile da recidere. Magari nascondevano le montagne maledette come un parente nasconde le proprie vergogne famigliari, e le sventure cui andavano incontro i forestieri erano archiviate come coincidenze sfortunate anziché attribuite all'influenza del luogo.

Non si poteva dire che fossero privi di sentimenti. Se fossi nata in un posto del genere, forse anche io avrei tenuto la bocca chiusa in presenza di estranei. In fondo, non ero già fuggita da quel caso per paura di restarne coinvolta? Proprio come loro, mi preoccupavo più di proteggere me stessa e l'ambiente intorno a me che delle persone con cui avevo deboli legami.

"Il sesto senso di Wakao era corretto", riflettei.

Mi accesi una sigaretta. Lei lo aveva detto chiaramente: l'atmosfera di Iwaiyama non era quella di un luogo sacro, tutelato da una divinità vendicativa, ma somigliava più a quella sinistra di un cimitero.

"Però non si tratta solo di questo...".

Quando erano entrati negli alloggi della segheria, Wakao era rimasta così spaventata dal pilastro del *tokonoma* che era fuggita via. Perché? Forse anche il legno di quel *tokobashira* era stato estratto dal precedente proprietario?

"Qualunque sia la verità, è una faccenda orribile".

A furia di inalare fumo di sigaretta e sospirare, mi venne una leggera nausea e un fastidio allo stomaco. Riflettendoci, quel giorno non avevo mangiato granché.

"Sarà rimasto qualcosa in frigorifero?".

Mi diressi in cucina continuando a ragionare su Iwaiyama.

La mia ossessione per quella montagna e il mio intuito non erano così infondati, dopotutto.

La ragione per cui sin da subito mi ero interessata tanto a quella storia era perché avevo percepito l'oscurità del luogo.

"Eppure, Yaguchi e compagnia non hanno sconfinato su Iwaiyama. Se il destino sofferto dalla segheria può essere ricondotto a Ihaiyama, questo non basta a spiegare il manto d'inquietudine che li avvolge ancora. I luoghi visitati dalla comitiva del Gaia Bazar sono delle rovine e un santuario. È possibile incorrere nella sfortuna soltanto mettendo piede in un posto che ha subito una punizione divina?".

Gettai la sigaretta nel lavello. L'odore di tabacco era sgradevole.

Aprendo il frigorifero, trovai un panetto di *tōfu* che avevo acquistato giorni prima. Nel bollitore doveva essere rimasto anche del riso.

"Cena a base di *tōfu* freddo in piena notte...", annunciai a me stessa.

Se quello c'era, quello dovevo mangiare.

Mentre tiravo fuori il *tōfu*, continuavo a rimuginare.

Le storie di misteriosi contagi, infezioni e ascendenti maligni non erano rare. Un esempio comune erano le testimonianze di persone a cui era accaduto qualcosa nella propria casa mentre guardavano un film di fantasmi alla televisione.

Anche il gioco dello *hyakumonogatari* era da molti considerato uno strumento per l'evocazione degli spiriti, tutti si aspettavano che *qualcosa* di contagioso emergesse dalle storie di chi narrava.

A pensarci meglio, io stessa ero sempre stata timorosa di simili ripercussioni. Dire che non volevo restare coinvolta in una qualunque altra maledizione equivaleva a dire che non volevo finire contagiata neppure dal karma di Iwaiyama.

Comunque, in casa avevo sperimentato dei problemi con il cellulare e avevo avvertito una sensazione di bagnato sul pavimento, quando in realtà non c'era alcun liquido. Erano piccoli dettagli, ma io li collegavo tutti a Iwaiyama. Non potevo considerarli soltanto dei prodotti della mia mente. Se per il soggetto che li ha vissuti in prima persona, certi episodi stravaganti sono reali, allora qualcosa di inspiegabile resterà nella sua memoria e assumerà le fattezze di un ricordo concreto.

Iwaiyama era contagiosa. Ormai ne ero certa.

Da quella mia nuova prospettiva, non trovai sorprendente che Yaguchi e gli altri ne avessero subito gli influssi dopo aver visitato le rovine.

"E poi, il minimo senso di colpa alimenta la paura e ci fa cadere ancora di più nella trappola...".

Appoggiai le mani sul bordo del lavello, colpita da un violento attacco di nausea. Il ventre mi faceva male, come se fossi stata trafitta da un punteruolo. Ansimai e mi piegai in avanti per vomitare, ma dal mio stomaco non uscì nulla.

Una luce gialla prese a lampeggiarmi negli occhi, allora scivolai giù piano piano, accovacciandomi al di sotto del lavello.

Doveva trattarsi di gastrite nervosa. Con una medicina, forse...

O erano i crampi della fame? Forse, avrei dovuto bere un po' d'acqua.

In ogni caso, se avessi rigettato tutto fuori sicuramente sarei stata meglio.

Stavo soffrendo troppo.

«C-Che male!». Il lamento mi uscì con forza, quasi volesse spazzare via i pensieri inquieti.

Rotolai a terra, sperando che stendendomi mi sarei sentita meglio, ma il mal di stomaco non se ne andava. Anzi, mi accorsi di avere anche un'emicrania.

"Non va bene".

Di quel passo, avrei perso conoscenza.

Mi trascinai a carponi fino al telefono. Dovevo chiamare un'ambulanza finché ero ancora cosciente, poi recuperare il portafoglio e sbloccare la porta d'entrata.

In momenti simili, vivere da soli può essere spaventoso.

Riuscii a chiamare il numero per le emergenze. In passato, quando mi era capitato di telefonare per i miei genitori, gli operatori si erano presi del tempo per verificare il numero e assicurarsi che non fosse uno scherzo telefonico. Stavolta, però, forse perché avevo il fiato corto, la voce disse che avrebbe inviato subito una vettura.

Aprii la porta, imbracciai la borsa e mi trascinai all'ingresso.

Il sudore freddo mi colava dal mento e stringevo forte gli occhi.

All'improvviso, l'immagine del Gaia Bazar si ricompose nella mia mente. Il ripiano colmo di oggetti vari, provenienti da chissà dove, e l'odore nauseabondo.

Emisi un gemito e la cacciai via.

Ma al suo posto riemerse una delle foto di Onodera che avevo visto nell'ufficio del negozio.

"Basta...".

Eppure, più volevo allontanarla, più l'immagine diventava nitida. Come se fosse stata incollata ai miei occhi. Era quella che Wakao aveva aperto per sbaglio: la foto paesaggistica diurna, scattata con inquadratura a volo d'uccello. Ai piedi della scura montagna popolata dalla fitta foresta, apparivano gli edifici come dei blocchi sparsi. In mezzo alla meravigliosa vegetazione lussureggiante e alla forza vitale della stagione estiva di Iwaiyama, le rovine somigliavano a spazzatura gettata lì per sbaglio. La montagna aveva allungato sempre più la sua verde lingua tra le costruzioni. Il laboratorio era di un pallido giallo-verde, mentre un verde intenso rivestiva la casa tradizionale in cui risiedevano gli alloggi. Macchie dello stesso colore spuntavano anche da sotto le crepe della spianata in cemento che un tempo era il parcheggio. Presto le rovine sarebbero state inghiottite dalla natura.

"Quello che appartiene alla montagna, deve tornare alla montagna", pensai.

D'improvviso, l'immagine cambiò. Era una foto del laboratorio, di quelle che avevo ricevuto via email. Un serpente di nebbia avvolgeva le sue spire attorno alla nera sagoma di un albero morto. *Orbs* luminosi puntellavano lo spazio circostante e fluttuavano leggeri nell'aria, avvicinandosi a me.

Skreak.

Il suono del legno marcio che si crepava.

Skreak.

Qualcosa che si stava avvicinando.

«No!».

Mi riversai a terra e iniziai a contorcermi sul pavimento.

Un fetore rancido riempiva le mie narici.

Poi, giunse una flebile voce.

Avvertii di nuovo lo stimolo a vomitare.

L'istante dopo, qualcuno mi puntò una luce contro e finalmente vidi gli stivali dei paramedici che correvano verso di me.

12

Seduta su una panchina sul tetto dell'ospedale, me ne stavo al telefono.

«Già, è così. Per questo temo che non riuscirò in alcun modo a completare il manoscritto. No, no, non resterò ricoverata a lungo. Non preoccuparti. Mi tengono solo in osservazione, dato che non hanno trovato una causa evidente. Ho l'impressione che mi dimetteranno senza riuscire a individuarla. In ogni caso, ora mi sento in perfetta forma. Sì, sto bene. Appena sarò uscita, come prima cosa ti manderò un'email. Mi spiace davvero per l'inconveniente».

Riattaccai il cellulare e aprii la mia rubrica.

«Dunque… Chi altri dovrei chiamare?».

Le scadenze erano ancora lontane, ma avrei potuto sfruttare l'occasione per mettere in pausa e rimuovere dalla mia agenda anche le pubblicazioni a puntate.

Feci qualche altra telefonata di lavoro, infine emisi un sospiro di sollievo e guardai in alto. Da lassù, potevo contemplare un vero cielo d'estate.

Dopo essere stata portata via in ambulanza, avevo

passato un giorno e una notte a contorcermi in un letto. Gli antidolorifici non funzionavano e non riuscivo a mangiare nulla. Durante quelle ore, ero stata sottoposta a un tale numero di esami e procedure mediche che ormai avevo perso il conto, eppure era stato tutto inutile, perché non avevano scoperto la vera natura del mio mal di testa, del mal di stomaco e della nausea perenne.

Fin dai primi test, che non avevano mostrato anomalie, mi ero convinta che quei sintomi sarebbero spariti prima di permettere a qualcuno di individuarne la causa. E infatti, proprio come mi aspettavo, durante la notte del secondo giorno tutti i dolori erano svaniti di colpo. Per la stanchezza, l'indomani avevo dormito, e al terzo giorno ero riuscita non soltanto a mangiare, ma anche a recarmi a un *konbini* nelle vicinanze per comprare del caffè e una fetta di torta.

Accidenti... Che avevo combinato? Perché ero diventata una *vittima* per la seconda volta? O forse era già la terza? Peggio ancora, stavolta avrei dovuto pagare le spese per il ricovero.

«Dannata Ihaiyama...», imprecai, prima di bere un sorso del caffè in lattina che mi ero portata fin lassù.

Anche se i dolori si erano calmati, essendo andata avanti qualche giorno con la sola alimentazione per via endovenosa, sembrava avessi perso ulteriore peso. Se fossi stata a dieta, ne sarei stata felicissima, ma non essendo mai stata una persona tendente a ingrassare, non sopportavo il modo in cui le mie braccia si fossero rinsecchite.

Qualche giorno prima, quando Satomi mi aveva proposto di fare un'escursione estiva in montagna, avevo accettato volentieri, ma date le mie attuali condizioni non avrei potuto accompagnarla in una scalata faticosa tanto presto.

"Magari potremmo andare alle terme", pensai.

Perlomeno, finalmente avrei avuto del tempo libero. Detestavo dover rinunciare al lavoro, di solito, ma in tutta onestà in quell'occasione ero sollevata dall'essermi liberata dal manoscritto, che stentava a proseguire. Ero partita con il piede sbagliato sin dall'inizio, con quel romanzo. Decisi che avrei colto l'opportunità per rivedere la trama e scrivere una nuova storia.

"Niente più prove di coraggio o roba del genere", stabilii.

Bevvi un altro sorso di caffè, continuando a scorrere la rubrica.

Avrei dovuto riferire a Wakao le informazioni su Ihaiyama? Non sapevo proprio cosa fare.

Per quanto mi mostrassi sarcastica, la mia paura di Iwaiyama era senza dubbio aumentata. Eppure, il mio tentativo di allontanarmene era fallito. Se fuggire era impossibile, allora forse avrei dovuto cercare sul serio una soluzione.

"Non credo che contattando lei otterrei alcun indizio…".

Anche dicendole che Iwaiyama è una Ihaiyama, non avremmo potuto fare altro che scambiarci le nostre impressioni personali. Condividere le nostre paure sarebbe servito ad alleggerire lo stress, certo, ma stabilire il motivo per cui quella vetta ci era parsa tanto strana non avrebbe portato ad alcun miglioramento della situazione.

Misi via il cellulare e continuai a ragionare sulla montagna.

Naturalmente, temevo che potessi di nuovo sentirmi male, ma per fortuna ero ancora all'ospedale e, in fondo, se proprio dovevo avere una crisi, meglio averla vicino a dei dottori.

Dato che ero ricoverata senza nulla da fare, mi soffermai su ogni possibile dettaglio.

Ciò che più mi turbava, al momento, erano le visioni che si erano susseguite nella mia mente mentre ero in attesa dell'ambulanza. Razionalizzando, potevano essere state provocate dai nervi e dal dolore. Di certo era quella la motivazione logica. I pensieri erano sfuggiti al mio controllo prima dell'arrivo dei soccorsi.

Tuttavia, da giorni avevo smesso di inseguire la razionalità del mondo reale. Forzare ora una spiegazione sarebbe stato equiparabile al mio precedente tentativo di fuga. D'altronde, i risultati delle analisi erano tutti negativi. Nonostante i dolori alla pancia e alla testa e la nausea, dal punto di vista clinico ero in salute.

Mentre osservavo il cielo nella sua veste pienamente estiva, ricostruii i miei ricordi. Per prima, c'era stata la fotografia panoramica che avevo visto al Gaia Bazar. Con tutta probabilità, il fotografo era Onodera. Il dubbio era da dove l'avesse scattata. Non essendoci stata di persona, non potevo esserne certa, ma l'altezza di Iwaiyama non raggiungeva i settecento metri. Stando a quanto riportavano le mappe, le montagne circostanti erano pressoché uguali. Una altura di quel tipo doveva essere coperta di alberi fino alla sua cima e, anche qualora la parte superiore fosse stata manutenuta, ottenere una visuale libera da tanto distante sarebbe risultato assai difficile.

Era possibile che la foto fosse stata scattata da una rupe scoscesa. Ma anche se fosse stato così, dalla composizione dell'immagine impressa nella mia memoria, Onodera doveva trovarsi in un punto nettamente più elevato di Iwaiyama... La differenza di altezza sembrava essere superiore ai cinquecento metri. La Prefettura di Gunma, dopotutto, ospitava il monte Myōgi, famoso per le conformazioni inusuali dei suoi picchi sporgenti. Sotto il profilo geologico, non potevo escludere che fosse possibile.

"Eppure, una rupe tanto pronunciata sarebbe un'attrazione turistica alla pari del monte Myōgi".

In effetti, lo stesso monte Myōgi superava di poco i mille metri sul livello del mare, ed era impossibile che esistesse una montagna di dimensioni simili vicino a Iwaiyama.

Ripensai alla foto della segheria inviata da Onodera per email e alla sagoma stranamente nitida dell'albero secco avvolto dalla nebbia bianca... Sospettavo ancora potesse trattarsi di un falso creato da lui stesso.

Possibile che anche gli scatti che avevo visto al Gaia Bazar fossero contraffatti? E cosa poteva averlo spinto a spendere tempo e fatica per creare qualcosa del genere?

“Se una foto di fantasmi mostra qualcosa da una prospettiva impossibile, potrebbe trattarsi addirittura di una *foto fantasma*?”.

Mi venne in mente una teoria alla quale persino io faticavo a credere.

«Ridicolo...», mormorai decidendo di accantonare l’interrogativo.

Quando avevo visto quell’immagine ero in preda al panico e al dolore. Poteva darsi che ricordassi male. Eppure, non avrei mai avuto il fegato di verificare sbirciando di nuovo in quel portatile. Certo, ero preoccupata per le visioni che mi avevano pietrificata durante quella crisi, ma...

“Se il mio subconscio ha tentato di comunicarmi qualcosa, potrebbe trattarsi di una conferma dell’influenza di Iwaiyama”.

La posizione delle rovine rispetto a Iwaiyama. Ecco ciò che volevo sapere. Ecco perché avevo ricordato quell’immagine.

Me ne ero convinta.

Ovviamente, la mia era anche una via di fuga. Non ero affatto disposta ad ammettere che quella potesse essere addirittura una foto fantasma.

Accantonai le immagini e considerai il punto successivo. Quello che più mi aveva impressionata era il suono del legno che si crepava e la voce incomprensibile di *qualcuno*.

“Che cosa diceva?”, mi chiesi.

Chi era? E qual era il suo obiettivo?

Ricordare lo scricchiolio mi fece pensare a una vecchia tavola piegata con forza. Era il rumore tipico degli infissi nelle case in legno, ma l’edificio del Gaia Bazar non era certamente costruito in quel materiale.

«Legno, eh?», dissi ad alta voce.

Mi tornò in mente, infine, un’altra immagine riemersa durante la mia agonia.

Il ripiano di oggetti casuali, che emanava quel terribile odore, si palesò nitidamente ai miei occhi. Sulla mensola in legno naturale, numerosi articoli di piccole dimensioni erano disposti in composizioni varie…

Sbattei gli occhi.

D’improvviso, fu come se qualcuno mi avesse versato dell’acqua fredda sulla testa.

Il battito del mio cuore accelerò.

Una frase mi tornò in mente, parola per parola.

“Non un singolo albero o pianta devono esserne rimossi”.

13

Al Gaia Bazar c'era del legno che proveniva da alberi abbattuti nel bosco di Ihaiyama.

Era la conclusione a cui ero giunta.

I miei sospetti si concentravano attorno a due luoghi. Il primo era la mensola con allineati gli articoli. Poteva essere la stessa tavola in legno grezzo oppure i pezzi più piccoli utilizzati per disporre gli oggetti.

Il secondo era il retro del magazzino. Forse lo schianto che avevo sentito era il legname di una catasta che era stata portata lì e impilata da qualche parte sugli scaffali avvolti dal buio.

A quei pensieri, gran parte del mistero mi parve risolto.

Lo strano comportamento di Yaguchi e degli altri non era dovuto alla semplice epidemia della sfortuna, ma era piuttosto legato a un preciso fattore scatenante: il legno. Questo spiegava anche l'affermazione di Wakao circa la somiglianza tra l'atmosfera delle rovine e quella all'interno del negozio.

Ma chi era stato a portare via il legno? Tazaki? Oppure era stato Onodera durante le sue frequenti visite alle rovine?

In ogni caso, se il mio intuito era corretto, allora...

"Ho trovato la soluzione", pensai annuendo tra me e me.

Quello che apparteneva alla montagna, doveva tornare alla montagna.

Anche se non fossi riuscita a scalare Iwaiyama, sarebbe stato sufficiente rimuovere il materiale dal negozio e riportarlo all'ex segheria.

Tuttavia, nelle mie ricerche, non avevo trovato alcun riferimento a casi di persone che si fossero salvate utilizzando un metodo del genere. Perlomeno, mi convinsi che eliminare la legna di Iwaiyama dal locale avrebbe impedito che la situazione peggiorasse ulteriormente.

"Lo spero davvero. Ti prego, fa' che sia colpa della legna!", supplicai aggrappandomi alla speranza.

Se anche quell'ipotesi si fosse rivelata errata, non sarebbe rimasto più nulla da fare. Avrei dovuto rassegnarmi e continuare a vivere in preda a un terrore inspiegabile.

Carica di coraggio e di speranza, il giorno seguente telefonai a Wakao.

Ancora una volta, però, non rispose. Lasciai un messaggio nella segreteria telefonica, neanche quello però ebbe riscontro.

Fu abbastanza per mettermi in allerta, ma non era il momento di farsi prendere dal panico. Nella vita di tutti i giorni poteva capitare di non riuscire a mettersi in contatto con qualcuno. Inoltre, se la ragazza aveva deciso di seguire il mio consiglio sul tagliare i rapporti con le persone coinvolte nella prova di coraggio, era probabile volesse farlo anche con me, dato che avevo giocato un ruolo nella vicenda. Se era per una decisione simile che Wakao non mi ricontattava, forse avrei fatto meglio a rinunciare.

La sera stessa venni dimessa dall'ospedale, ma decisi di prendermela con calma. Non sarei tornata subito al lavoro, bensì sarei andata a casa dei miei genitori. Preoccupati, avevano insistito perché restassi da loro una settimana a riposare. In effetti, non essendo riuscita a mangiare per alcuni giorni, mi sentivo ancora debole e non avevo alcuna voglia di cucinare, perciò accettai riconoscente la loro offerta.

Anche l'abitazione dei miei era a Tokyo e per fortuna non era molto lontana dall'ospedale.

Tornata in quella casa dopo tanto tempo, la prima cosa che feci fu controllare le email che si erano accumulate durante la mia convalescenza. Presi in prestito il portatile dei miei genitori e inserii le mie credenziali.

Come immaginavo, anche escludendo la posta indesiderata, avevo ricevuto più di venti messaggi. Scorsi rapidamente gli oggetti e trovai un'email con un file allegato. "Invio foto", recitava il titolo.

Era da parte di Onodera.

Emisi un verso strano, impulsivo, di sorpresa e timore. Contemporaneamente, quasi di riflesso, le mie dita cancellarono il messaggio. Lo eliminai anche dal cestino e soltanto allora mi resi conto della mia reazione.

«L'ho eliminato...», mormorai con un sorriso amaro sulla bocca.

La paura aveva davvero preso possesso del mio corpo. Nei pochi secondi che avevo impiegato a compiere quei gesti, il battito del mio cuore era schizzato a mille.

Provavo vergogna, ma allo stesso tempo ero sollevata, perché mi sarei risparmiata quella visione. Avevo deciso di occuparmi ancora della vicenda soltanto per la speranza che avevo ritrovato. Tuttavia, non avevo proprio bisogno di alimentare scintille pericolose. A quel punto, non potevo negare di provare un certo interesse per quelle immagini, ma non intendevo testare un'altra volta, a discapito di me stessa, il detto secondo cui la curiosità uccide il gatto.

"Non voglio mica finire di nuovo all'ospedale", pensai.

Nessuna delle email restanti sembrava urgente.

Ne trovai una in cui una mia conoscenza mi riferiva in maniera informale di un evento che si era svolto qualche giorno prima.

«Ah...», feci ancora ad alta voce.

Me ne ero completamente dimenticata, anche a causa dei problemi che avevo avuto con il cellulare. Non potevo dirle la verità, però, così scrissi una risposta cordiale in cui le spiegavo che non ero stata bene. Era una scusa molto valida, visto che ero stata ricoverata.

"Ci sono! Per il momento rifiuterò qualsiasi invito

non mi vada a genio dicendo che mi sto ancora riprendendo da una malattia", stabilii dopo aver inviato quel messaggio.

A pensarci bene, grazie a Iwaiyama, lavoro e salute erano già andati a rotoli. Il minimo che potessi fare era trarne un piccolo beneficio come ricompensa.

Chiusi la schermata delle email e disfeci i bagagli dell'ospedale. Ero rimasta ricoverata solo pochi giorni, ma avevo dovuto acquistare diversa roba in fretta, come pantofole e pigiama con bottoni sul davanti.

Mentre allineavo il tutto sul pavimento, sullo schermo del cellulare apparve la notifica di una chiamata persa.

Controllai il mittente. Wakao Yuuko.

Sembrava avesse provato a contattarmi circa trenta minuti prima.

"Nel trambusto non me ne sarò accorta".

Con i nervi un po' tesi, provai a richiamarla.

Rispose subito. Parlando rapidamente, si scusò per non aver notato il messaggio che le avevo lasciato in segreteria qualche giorno prima.

«Oh, non preoccuparti. L'importante è che non ti sia accaduto un incidente o nulla di simile», dissi tornando sulla sedia.

«Niente affatto. Sai, mi sono licenziata».

«Davvero?!», esclamai, colpita dalla rapidità della sua decisione. «Credo sia meglio così. Be', è probabile non ti interessi più ora, ma l'altro giorno ti chiamavo per quella faccenda, c'è qualcosa di cui vorrei informarti».

«Anch'io devo dirti una cosa...». La sua voce, rotta dall'ansia, si interruppe.

«Che è successo?». Non potei fare a meno di aggrottare la fronte.

Lei sembrava sul punto di mettersi a piangere. «Onodera è morto...».

Braccia e gambe presero a tremarmi all'improvviso. Guardai il computer di fronte a me.

«Oh... Quando?»

«Ieri sera. Un incidente in moto».

Rimasi in silenzio.

«Sulla strada della prefettura, in direzione delle rovine».

Continuando a stringere forte il telefono, con l'altra mano andai al portatile.

"A che ora mi è arrivata l'email di Onodera?", mi stavo già chiedendo.

Non lo ricordavo con precisione. Era tra le ultime arrivate, l'avevo vista prima di quella sull'evento. Data e ora indicavano... la notte precedente?

"Devo ricordare male".

Provai a rifletterci meglio. Avendola cancellata in fretta e furia, potevo sbagliarmi. La foto di Onodera doveva per forza essere stata inviata prima.

Ricontrollai anche l'email della mia conoscente, era stata inviata alle tre del pomeriggio dello stesso giorno.

Onodera mi aveva davvero scritto un messaggio poco prima di morire, mandandomi gentilmente una foto dalla montagna come se nulla fosse?

Del sudore cominciò a formarsi sulla mia fronte. Ero smarrita nei miei ricordi confusi.

Non avrei dovuto eliminarla. Che cosa mi aveva inviato?

L'aveva fatto proprio prima di morire... O dopo?

No, l'ultima ipotesi era impossibile, ovviamente.

«Kazuno?».

La voce preoccupata di Wakao interruppe il prolungato silenzio tra noi.

Mi alzai dalla sedia e rilasciai il respiro che stavo trattenendo.

«Scusami, sono scioccata».

Presi a camminare per la stanza.

Balbettando, Wakao mi espose i fatti. La causa del decesso di Onodera era una contusione cerebrale. Aveva perso il controllo del mezzo mentre lo guidava. Era da solo per strada. Era successo di sera, ma poiché di lì non passa quasi mai nessuno, il fatto era stato scoperto soltanto a notte inoltrata.

Anche Wakao lo aveva appena saputo.

Due giorni dopo il nostro ultimo incontro, lei aveva comunicato a Tazaki la sua decisione di licenziarsi. Tuttavia, poiché il gestore dello Swami non era ancora tornato dalla malattia, non aveva altra scelta che mantenere temporaneamente l'impiego fino al suo rientro. Non avrebbe potuto comportarsi da irresponsabile e gettare tutto all'aria di punto in bianco.

«Dovrei comunque riuscire a liberarmi entro questo mese...», disse in tono scoraggiato.

Wakao non aveva risposto alle mie chiamate soltanto perché era stata occupata, non per problemi di ricezione come era capitato giorni prima. Spiegò di aver spento il cellulare e di averlo riacceso molto tempo dopo.

E il motivo era Yaguchi.

Da quando l'avevo incontrata l'ultima volta, non era più tornata allo Swami. Era rientrata al negozio di alimentari puzzolente di alcol, e aveva ricevuto una ragionevole reprimenda.

Il giorno successivo, però, aveva cominciato a telefonare senza sosta a Wakao dal Gaia Bazar. Se lei non rispondeva, mandava un'email. Il contenuto di quanto dicesse o scrivesse era privo di coerenza e traboccava violento disprezzo.

«A volte mi chiamava più di dieci volte al giorno. Non solo in orario di lavoro, ma anche dopo essere tornata a casa. Il telefono non faceva che squillare... Ero mentalmente esausta e alla fine ho dovuto spegnerlo», si lamentò Wakao con voce rassegnata. «Se ho deciso di lasciare il posto, è anche colpa di Yaguchi. L'esperienza che abbiamo vissuto insieme io e te è stata senz'altro il primo stimolo, ma ciò che ancor meno potevo sopportare era un tale astio da parte di quella che avrei dovuto considerare una mia collega. E poi, appena è venuta a sapere che mi ero licenziata, è diventata ancora più tremenda... In segreteria e per email, non faceva altro che lasciarmi messaggi che dicevano: "Non scappare, codarda!"».

«Non scappare?», ripetei io.

«Già», confermò brevemente Wakao.

Intendeva dirle di non scappare da lei o di non allontanarsi da quel luogo infestato?

Wakao non seppe rispondere a questo mio dubbio. Continuò a parlare ancora un po' con voce sofferente, finché non riagganciò dopo aver concluso dicendo: «Ora vado alla veglia funebre».

Non ebbi modo di parlarle di Iwaiyama. A dire il vero, non avrei osato.

Una persona era morta.

Pur non essendo qualcuno a me caro, anche Onodera aveva dei genitori e degli amici. Sbandierare in giro che la sua morte era stata una punizione divina, come a lasciar intendere che avrebbe dovuto aspettarselo, sarebbe stato deplorevole.

In più, anche se la mia teoria fosse stata corretta, nulla sarebbe ormai cambiato per lui.

Non smettevo di sudare.

Alzai la potenza del condizionatore e tornai con lo sguardo al computer.

Email e mittente non c'erano più. Avevo eliminato ogni sua traccia.

Fui scossa da un brivido.

Quel sudore freddo non aveva nulla a che fare con la temperatura in casa.

14

Avendo abbandonato il progetto del romanzo, nei giorni seguenti mi ritrovai con molto tempo libero, perché la mia successiva scadenza era ancora lontana.

Negli ultimi anni, non ero stata in grado di rilassarmi in quel modo nemmeno a Capodanno. Era da molto che non staccavo dal lavoro, così trascorsi le mie giornate facendo grandi pulizie, proprio come se fosse fine anno, e leggendo dei libri che avevo appena acquistato.

L'unico inconveniente era il soffocante caldo umido. Dall'inizio di agosto, infatti, le temperature massime di Tokyo avevano sfiorato i trentacinque gradi. Sarei volentieri anche uscita di casa, ma non avevo voglia di vagare sotto il sole cocente senza una meta.

Dalla morte di Onodera era passato più di un mese e ormai raramente pensavo alla comitiva.

Wakao non mi aveva più cercata e mi era soltanto arrivata una breve email di Yaguchi, il cui testo era esattamente lo stesso dell'ultima volta: «Cosa ne è del nostro romanzo? Mi raccomando, usaci come modelli!».

Sentivo il cuore appesantirsi ogni volta che la rileggevo, ma se non altro era l'indizio che Yaguchi Asako era ancora in vita.

No, lei non era morta come Onodera. Ed era probabile lavorasse ancora al Gaia Bazar.

In ogni caso, non mi sarei intromessa nelle sue cose. In fin dei conti, se chi ne era afflitto non era consapevole, la maledizione non esisteva. Lanciare avvertimenti funesti su chi trascorreva la propria vita quotidiana senza incidenti sarebbe stato come incentivare una vendita fraudolenta di articoli spirituali.

Secondo la mia personale opinione, l'influenza di Ihaiyama era ancora presente, ma a seguito della morte di un essere umano si era notevolmente placata. Difatti, a partire da quel tragico giorno, intorno a me non si erano più verificati eventi strani.

Come soddisfatta dal sacrificio, la sfortuna di Iwaiyama era sparita dai paraggi.

"Quindi era proprio Onodera l'origine di tutti i mali".

Ogni volta che mi fermavo ad assaporare quella pace, non potevo pensare altrimenti.

Non intendevo diffamare qualcuno che non era più a questo mondo, ma nemmeno negare le mie sensazioni. Di lui sicuramente non avevo apprezzato il fatto che si recasse con tanta leggerezza in un luogo infestato per delle stupide prove di coraggio. Così come non mi piaceva il suo credersi una sorta di medium. Ciononostante, era stato solo quando ero venuta a sapere che aveva sputato in un santuario che lo avevo davvero disprezzato.

Poteva essere un modo di ragionare antiquato, ma avevo pensato che meritasse di essere punito. A causa di quei miei pensieri, assieme allo shock che aveva seguito la notizia della sua morte, pian piano era sfumata anche la mia empatia nei suoi confronti. Avevo cancellato dalla memoria qualsiasi preoccupazione concernente Onodera, così come avevo fatto con la malasorte di Iwaiyama.

Eppure, un giorno... poco dopo la mezzanotte, il mio numero del lavoro squillò. Quando chiesi il nome dell'interlocutore, rimasi sorpresa.

«Tazaki?»

«È passato molto tempo». La sua voce risuonò limpida, dall'altro capo del telefono.

Quando ricevevo chiamate notturne, al cento percento si trattava di Satomi o di qualche collega. Quella sera, però, rispondere serenamente dando per scontato fosse qualcuno di loro fu un errore.

«Come te la passi?»

«B-Bene. Non c'è male», balbettai, pensando ai possibili motivi e obiettivi della sua telefonata.

"Dannata Yaguchi! Ha di nuovo condiviso i miei contatti personali senza permesso".

Da dove avesse preso il mio numero era facile da immaginare, ma lo scopo di Tazaki era del tutto imprevedibile.

Dopo un breve scambio di convenevoli, senza perdere la vivacità del suo tono di voce disse: «Hai saputo di Onodera?»

«Sì, mi dispiace per la tua perdita».

«Domani sarà il quarantanovesimo giorno dalla sua morte. Pensavo di andare a rivolgergli una preghiera sul luogo dell'incidente. Mi piacerebbe venissi anche tu, Kazuno».

«Eh?!», esclamai senza volere, come una sciocca.

«Ti aspetterò alle nove davanti al negozio. Oppure, se preferisci, passo a prenderti».

«A-Aspetta un attimo, per favore. Io non... Io Onodera lo conoscevo appena».

«Vi siete incontrati una volta soltanto, vero? Sai, lui continuava a ripetere di volerti vedere ancora. Per questo ci tengo a farvi incontrare!».

Ero inorridita. In pratica, aveva appena detto che lo spirito di Onodera mi stava attendendo sul luogo dell'incidente!

«Ci terrei che ci fossi anche tu, per la commemorazione».

Ero già sul punto di rifiutare, quando mi venne da chiedergli qualcosa che mi angustiava già da qualche minuto: «Anche Wakao verrà?».

Tazaki rispose prontamente: «Certo! A dire il vero, è stata lei a volere a tutti i costi che invitassi anche te!».

Ma non aveva lasciato il negozio?

Aggrottai profondamente le sopracciglia.

"È stata lei a dirgli di invitarmi?".

Che diamine stava succedendo?! Era possibile che anche Wakao fosse impazzita come Yaguchi? La vecchia pesantezza di qualche tempo prima tornò a farsi sentire sul mio stomaco.

«Anche io avrei piacere di reincontrarti, e Yaguchi muore dalla voglia di vederti!», proseguì a spiegare. L'invito era gentile, ma insistente.

Per quanto ne sapessi, Tazaki era ancora sano, ma non avevo garanzie che di fronte a un rifiuto non mi avrebbe insultata e aggredita.

Ci riflettei su, quindi diedi una risposta ambigua: «Davvero? Vorrei tanto venire, ma ho delle scadenze a breve. Dipende tutto da quante pagine riuscirò a scrivere da qui a domattina. Cercherò di fare del mio meglio, ma se domattina alle nove non sarò davanti al negozio, dovrai scusarmi».

Mentivo, ovviamente. Dopotutto, mi aveva contattata con poco anticipo e mancavano sul serio solo nove ore alla mattina successiva. Sfruttai la cosa a mio favore per mostrarmi in buona fede, esprimendo la volontà di restare sveglia tutta la notte.

Come mi aspettavo, l'entusiasmo di Tazaki scemò.

Gli ripetei che avrei fatto del mio meglio per esserci, infine lui concluse: «Vieni, per favore. Ti aspetto».

Senza aggiungere altro, riattaccò.

«Aspetta e spera! Imbecille!», imprecai a pieni polmoni.

Il pensiero che ancora non fossi riuscita a liberarmi di loro mi deprimeva. Con il telefono stretto in mano, mi abbandonai sul letto, ma non feci in tempo a rilassarmi che il cellulare squillò di nuovo. Stavolta controllai prima il nome del mittente.

Wakao Yuuko.

Premetti il pulsante di risposta e le inveii subito contro.

«Che cosa significa?!». Ero furibonda.

«T-Ti prego, vieni domattina, per favore!», disse quasi urlando. «Io... mi sono licenziata. Il fatto è che oggi avrei dovuto ricevere gli arretrati dello stipendio; mi avevano chiesto di passare a ritirarli. Dovevo anche riprendermi qualche oggetto personale al negozio... Poi, però, appena mi hanno vista hanno detto che non sarei potuta tornare a casa stanotte. E che domani andremo tutti alla montagna».

Saltai a sedere sul letto.

«Mi dispiace, ma quello che dice Tazaki è vero. Sono stata io a chiedergli di invitarti, Kazuno. P-Perché... ad andare da sola con loro avrei troppa paura», confessò Wakao tra un singhiozzo e l'altro.

«Da dove stai telefonando in questo momento?»

«Sono alla toilette del ristorante».

Era praticamente un sequestro di persona?

Mi morsi le labbra.

Iwaiyama non si era ancora arresa. Mentre loro avevano abbassato la guardia, lei aveva continuato a estendere i suoi tentacoli cercando di avvinghiarli.

La foto che avevo visto al Gaia Bazar ricomparve nella mia mente. Al centro del misterioso scatto da lontano, la montagna allungava la sua lingua verde tra le rovine della segheria. La sua azione erosiva era invisibile da un giorno all'altro, ma a distanza di un mese aveva provocato trasformazioni evidenti. La vegetazione di Iwaiyama aveva trapassato persino il cemento e le sue piante rampicanti si erano strette attorno alle rovine, stritolandole fino a provocarne il collasso.

Onodera era morto. Yaguchi non era più in lei. Tazaki era cambiato, ormai.

E ora la montagna avrebbe provato a intrappolare anche Wakao?

No, non avevo tempo da perdere con pensieri simili.

«Faresti meglio a telefonare alla polizia», proposi disperata, nonostante le sue suppliche.

Non volevo ritrovarmi a essere una *vittima* un'altra volta.

«Questo è…». Potevo sentire Wakao scuotere la testa.

«Impossibile, eh?», convenni con voce tetra.

In fondo, non la stavano minacciando con un'arma o nulla di simile. Viste dall'esterno, le loro azioni non sarebbero parse nulla più che uno scherzo di cattivo gusto a un'ex collega. Anzi, trattandosi di un rito commemorativo, sarebbe stato il rifiuto di Wakao a essere giudicato come un atteggiamento poco sensibile.

Tuttavia, era evidente che la ragazza si sentisse in pericolo. Per lei, di fatto era come avere un'arma puntata addosso.

Feci uno sforzo per ragionarci su.

Mi ero illusa che, finché i diretti interessati fossero stati inconsapevoli, sarebbe stato come se la maledizione non fosse mai esistita. Dato che le nostre vite sembravano proseguire senza incidenti, non c'era bisogno di andare a cercare guai.

Allo stesso modo, ero convinta che chi attirasse sfortuna su di sé partecipando per divertimento a una prova di coraggio meritasse le eventuali conseguenze.

Ma adesso? Ne ero ancora tanto sicura?

Sarei stata capace di negare a Wakao, tremante e in lacrime, l'aiuto che mi chiedeva?

Se le fosse accaduto qualcosa, sarei stata in grado di riderci sopra nonostante la consapevolezza di esserne stata in parte responsabile?

«Ho capito. Verrò», annunciai come spremendo quelle parole fuori dalla mia bocca.

Udii il suo sospiro tremolante. Doveva essere davvero spaventata.

Rivolsi lei qualche parola di conforto: «Adesso prova a dormire un po', se ti riesce. Domani sarà dura».

Con quel consiglio, chiusi la telefonata.

Appena smisi di parlare, fui come attorniata dal silenzio. Rimasi seduta sul letto, lo sguardo fisso nel vuoto.

Cosa mai avrei potuto fare io, presentandomi l'indomani a quell'appuntamento?

Forse, avrei giusto potuto condividere con loro le mie paure e provare a impedirgli di tornare alle rovine.

Non avevo certo accettato per spirito di giustizia. Se continuavo a farmi immischiare in quella storia, era affinché il mio senso di colpa risultasse appena inferiore, in caso si fosse verificato qualcosa di grave.

Ancora una volta, era a me stessa che stavo pensando.

Avrei fatto di tutto per liberarmi di Iwaiyama.
Mi alzai dal letto. Ci rimuginai un attimo, poi andai a recuperare la mappa dalla libreria.

15

Arrivai nei pressi del Gaia Bazar con dieci minuti di anticipo.

Quando voltai l'angolo, i tre stavano già aspettando di fronte al negozio. Sotto la luce bianca e luminosa del sole, Yaguchi e Tazaki sorridevano. Appena più lontana, Wakao aveva l'aria esausta.

Più mi avvicinavo alle loro figure, più sentivo crescere la tensione che si accumulava dalla notte precedente.

«Buongiorno! Spero davvero possa esserlo oggi», disse Tazaki facendo un gesto di saluto con la mano sinistra.

Sebbene la temperatura avesse già superato i trenta gradi, l'uomo indossava una camicia a maniche lunghe. Cercai con gli occhi il suo braccio destro. Era fermo e rigido come un bastone. Dal paramano a scacchi colorati, marrone come... un ramo secco, pendeva un polso pelle e ossa.

Doveva essersi accorto della direzione del mio sguardo, perché nascose con uno scatto la mano. Alzai gli occhi e constatai che nemmeno la barba lasciata incolta riusciva a camuffare l'incarnato scuro e il gonfiore del suo volto.

Spostai la mia attenzione su Yaguchi. Sembrava ingrassata ulteriormente e aveva un aspetto trasandato. I capelli lunghi raccolti in una coda, il trucco sbavato… avvertii persino una zaffata di sudore.

A dire il vero, entrambi emanavano un odore di cachi maturi.

«Siete rimasti a bere fino all'alba?», chiesi loro con un sorriso.

«Proprio così! Ero troppo eccitato! E ora che sei arrivata anche tu, Kazuno, lo sono ancor di più!», disse Tazaki con un'allegrezza tale da sembrare quasi un'agonia.

«Allora, vogliamo andare in treno?», proposi cercando di apparire naturale e sperando in una risposta affermativa.

«Macché! In macchina!», protestò Yaguchi.

«Meglio di no», dissi fissandola. «Puzzate entrambi di alcol. Al primo posto di blocco vi beccano subito, e allora addio rito commemorativo. Inoltre, oggi non è il primo giorno di *Obon*? L'autostrada sarà intasata!», affermai con convinzione.

Era una vera fortuna che quei due avessero bevuto. In ogni caso, io ero decisa a non salire in auto con loro per nessun motivo. Yaguchi e Tazaki erano pericolosi, e la stessa Wakao probabilmente non aveva dormito abbastanza. Non potevo fidarmi di nessuno dei tre al volante. La prima linea di difesa consisteva nel ridurre al minimo i rischi.

«Già, c'è l'*Obon*, vero?», disse Tazaki sorridendo, come ricordandosene in quel momento.

Notai qualcosa di inquietante in quella sua espressione fin troppo serena.

Nel frattempo, estrassi i miei appunti. Quella notte avevo controllato gli orari delle linee, così spiegai in breve: «Partendo da Shinjuku e prendendo un treno espresso e un locale, ci vogliono circa due ore e mezza per raggiungere la stazione più vicina alla montagna. Da lì sono disponibili dei bus. I treni sono pochi, ma le coincidenze abbastanza buone, quindi non dovremo aspettare molto. In bus ci vorrà più o meno un'ora per la fermata più vicina all'ex segheria. Dovremmo arrivare dopo l'una».

«Ma il rientro sarà un problema», osservò Yaguchi stringendosi nelle spalle come una bambina.

«Ho controllato anche gli orari del ritorno», risposi smontandola all'istante.

«Però...».

«Se insistete per andare in macchina, io resto qui», la zittii duramente.

Wakao mi osservò stupita. Doveva essere sorpresa dal mio atteggiamento aggressivo.

Io non volevo per forza litigare con Yaguchi né farla arrabbiare. In fondo, non provavo odio verso di lei. Il mio bersaglio non era la mia vecchia amica, ma la *montagna* che si nascondeva dentro di lei. Potevano anche lamentarsi, ma era quella l'unico antagonista contro cui non potevo perdere.

«E sai una cosa?», continuai con lo stesso tono deciso, tornando con gli occhi su Tazaki. «Ieri Onodera mi è apparso in sogno. Mi ha detto di essere prudente».

«Dici sul serio?», fece lui guardando in cielo.

«Lui è morto in un incidente in moto, no? Ha detto che lo preoccupava sapere che ci saremmo messi in auto per viaggiare fino a lì», continuai a mentire.

Ero pronta a tutto.

La notte prima, al telefono, Tazaki mi aveva proposto di svolgere un rito commemorativo assieme a loro. Io non ero affatto capace di farne uno, ma se proprio insisteva nel volermi considerare una medium, allora avrei sfruttato la cosa a mio vantaggio.

Come mi aspettavo, la mia ultima frase impressionò Tazaki più di qualsiasi giustificazione logica. Dando le spalle al volto ancora insoddisfatto di Yaguchi, girò sui tacchi facendo tintinnare le chiavi della macchina.

«Allora dobbiamo prendere i bagagli dall'auto».

«Per favore, aspetta!», lo fermai alzando la voce.

I tre rimasero pietrificati. Il mio polso stava accelerando.

"Resta calma", mi dissi prima di riprendere cautamente. «Tazaki, so che ti sembrerà una domanda strana, ma per caso vi siete portati via qualche cosa dalle rovine, la notte della prova di coraggio?», andai dritta al punto senza preamboli.

Tazaki cambiò all'istante colore in volto.

"Ho fatto centro!".

Dentro di me, saltavo ed esultavo dalla soddisfazione.

Questo toglieva di mezzo il rischio più grande: rimanere intrappolati nella morsa di quel luogo infestato. Ora fuggire da Iwaiyama era possibile.

"Non devo assolutamente sprecare l'occasione".

Scrutai Tazaki senza battere ciglio. Lui vacillò con lo sguardo e, perso il suo entusiasmo, mormorò: «No, nulla».

«Quel posto era una segheria, no? Non avete preso della legna?».

Non potevo permettermi di mollare la presa.

Lui rimase in silenzio.

«Forse l'avete portata al Gaia Bazar, o magari nella stanza sul retro?»

«Cosa? Ma come...».

«È solo un'intuizione», mi affrettai a dire. «In caso contrario, non fa nulla. Ma se invece ho ragione, farai meglio a restituire la legna oggi stesso», sentenziai con fare autoritario.

Non avevo intenzione di fornire dettagli sulle indagini che mi avevano portata a quella conclusione.

Che lo credessero il frutto di una ricerca approfondita o di una mia intuizione, il risultato restava lo stesso, così scelsi l'opzione che avrebbe destato in loro maggiore effetto.

"Anche i finti medium indagano in anticipo sui propri clienti!".

Quanto avevo fatto io non era diverso. Detestavo i finti medium, ma per una volta avrei fatto un'eccezione. Se fosse servito a ottenere il controllo della situazione, e magari a risolverla, ero disposta a passare per una ciarlatana.

Con la coda dell'occhio potevo vedere Wakao fissarmi a bocca aperta. Ora che ci pensavo, nemmeno a lei avevo riferito della leggenda di Ihaiyama. Forse si era convinta come gli altri che avessi dei poteri fuori dal comune.

«Lo sapevo, Kazuno! Sei la migliore!», fece Yaguchi scoppiando a ridere. «Tu sì che ne capisci. Fantastica! Fantastica!».

Avvertii un improvviso imbarazzo. Anche la mia recitazione era davvero terribile. Rivolsi a Yaguchi un sorriso vago, trattenendomi a stento dal chiederle scusa.

Senza dire una parola, Tazaki si voltò e aprì la saracinesca del Gaia Bazar. L'interno del negozio che avevo visto tempo addietro brillava nella luce del mattino. E pensare che la prima volta avevo esplorato quel luogo avvertendone il fascino, prima che mi apparisse come un covo di demoni. In quel giorno d'estate, al contrario, emanava un'atmosfera stranamente tranquilla e dimessa. C'erano pochi articoli esposti.

"Gli scaffali sono impolverati…".

Assunsi un'espressione corrucciata, mentre scrutavo il negozio attraverso il vetro.

I clienti dovevano aver smesso di frequentarlo. Ridotti in quello stato, Yaguchi e Tazaki non erano più stati in grado di gestire merci e clientela. In effetti, vedendoli così, chiunque con un minimo di buon senso non sarebbe più entrato lì dentro.

Sotto il mio sguardo, Tazaki portò prima fuori un grosso blocco di legno dal retro, poi rimosse due piccoli pezzi dal ripiano dell'oggettistica. Quegli ultimi erano stati utilizzati per rialzare delle collane e delle pietre che tenevano esposte.

"Nemmeno le gemme magiche hanno potuto farci nulla, eh?".

Se le pietre avessero avuto un'anima, avrebbero senz'altro protestato.

I ritagli di legno furono allineati fuori dal negozio. Sotto la luce del sole, assunsero un aspetto terribilmente pietoso. Erano mangiati dagli insetti, marci e anneriti.

«Non me ne ero accorta...», mormorò Wakao scoraggiata.

«Perché tu sei fuggita via per prima, quella notte. Io li avevo presi tornando indietro», disse Tazaki abbattuto.

«È tutto qui?», domandai.

Tazaki annuì.

«Wakao, portami della carta da pacchi pulita».

La ragazza corse dentro il negozio e fu abbastanza previdente da recuperare anche del nastro adesivo e dello spago da imballaggio. Dopodiché, incartammo la legna, io e lei insieme.

"Oggi vi restituirò alla montagna", pensai.

Era quello per cui continuavo a pregare, mentre li avvolgevo con cura.

Affidai il legno più grande a Tazaki. Non perché fosse un uomo, ma perché volevo si assumesse la responsabilità di essersene appropriato. I due restanti li infilai in una doppia busta di carta e li lasciai a Yaguchi.

«Eh?! Perché devo portarli io?!», gridò lei in tutta risposta.

«Perché sei troppo grassa. Farai un po' di esercizio, almeno», le dissi, mantenendo la calma e spingendo il pacco verso di lei.

Yaguchi divenne tutta rossa. Era un buon segno. Doveva rendersi conto lei stessa di quanto fosse peggiorata nell'ultimo periodo.

Con il mezzo intento di tenerli d'occhio, lasciai andare loro due per primi e li spronai verso la stazione.

Guardai l'orologio e annuii in direzione di Wakao.

«Voglio essere a Shinjuku per le dieci».

16

In treno, scambiammo a stento due parole.

Se fossimo stati seduti in uno scompartimento da quattro, forse sarebbe stato più facile conversare, ma essendo allineati su una stessa fila, anche avendo qualcosa da dire, chiacchierare sarebbe stato scomodo.

La legna di Iwaiyama era stipata sulla rete della cappelliera. Di tanto in tanto le lanciavo delle occhiate, ma i miei pensieri correvano senza alcun filo conduttore.

Tazaki e Yaguchi si appisolarono quasi subito, immaginai a causa dell'alcol bevuto la notte precedente. E pensare che erano disposti a prendere la macchina. Se li avessi lasciati guidare, avremmo avuto buone possibilità di causare un incidente senza neanche il bisogno di scomodare la maledizione.

Era bizzarro come nessuno dei due sembrasse non rendersene conto.

Per quanto avessero parlato di una commemorazione, non avevano neppure procurato un fiore per Onodera. Forse Yaguchi avrebbe recitato un *norito*? E poi, dicevano che il luogo dell'incidente era sulla strada della prefettura, ma sarebbero davvero stati in grado di individuare il punto preciso?

"Tutto ciò è sospetto", mi dissi.

Avevo il presentimento che stessero sfruttando la morte di Onodera per altri scopi. Avevano organizzato quella spedizione con il pretesto di onorare la morte del loro amico, ma non era forse la scusa per andare a cercare guai in un nuovo luogo infestato?

"Non è da escludere...".

Mutamenti così significativi della personalità potevano essere la conseguenza di qualche logoramento nervoso?

La risposta a una domanda simile varia in base al carattere delle persone. In quel frangente, io ricondussi il loro comportamento al cattivo influsso di Iwaiyama. Tuttavia, poteva darsi parimenti che, a prescindere da quanto accaduto, quei due sarebbero stati comunque capaci di trasformare la morte di un amico nell'occasione per intraprendere un'avventura rischiosa.

"Sono troppo cattiva a pensare certe cose?".

Ricalcai con lo sguardo i loro profili, poi mi guardai intorno dentro alla carrozza. Era meno affollata di quanto avessi immaginato, e forse per via delle vacanze estive i passeggeri erano per lo più genitori con figli al seguito.

«Ehi, ehi! Quando arriviamo alla tomba cosa facciamo?», esclamò un bambino delle elementari, che saltellava qua e là abbracciando i famigliari.

Il padre gli stava insegnando come comportarsi durante una visita al cimitero.

«Taglieremo l'anguria?», continuò il piccolo.
«No, non si fa!».
E scoppiarono a ridere.
"L'inizio dell'*Obon*...?".
Seguendo il calendario gregoriano, a Tokyo l'*Obon* cade sempre entro luglio. Coloro che vi vivevano, pertanto, avevano già fatto ritorno nell'aldilà, ma nella maggior parte del Paese l'*Obon* viene ancora celebrato ad agosto.
"Gli abitanti dell'altro mondo come conciliano vecchio e nuovo calendario?".
Ogni anno, in quel periodo me lo domandavo.
Il nuovo calendario è stato adottato a partire dall'epoca Meiji, dunque, forse gli abitanti di Tokyo vissuti prima di allora saranno confusi. A seconda dei casi, è possibile che alcuni di loro vengano persino richiamati due volte? Non esiste di sicuro altro Paese in cui si intersecano due calendari.
Mentre divagavo, mi resi conto che in passato avevo affrontato già una discussione simile, riguardo alla stagione in cui gli spiriti dei defunti visitano questo mondo, durante una lunga telefonata con Satomi.
"Com'era la storia? Dicevamo tante di quelle stupidate...".
Eravamo anche scoppiate a ridere, a un certo punto.
Provai a scavare più in profondità attorno a quella memoria, finché non riemerse dell'altro.
"Quello stesso giorno, Yaguchi mi aveva mandato un'email".

D'improvviso, il mio umore si raffreddò. Riflettendoci, quella email era stata il principio di tutto. Quell'invito a rivederci mi aveva portata fin lì, su quel treno.

"È il periodo in cui si solleva il coperchio del calderone dell'Inferno".

I miei ricordi divennero più nitidi. Satomi pensava che il giorno in cui il coperchio del calderone dell'Inferno si solleva sia quello in cui i morti tornano sulla Terra. Io avevo avallato la sua opinione, condividendo con lei le mie conoscenze sull'argomento. Si racconta che, in quel giorno, i morti si radunano sulle montagne e...

«Siamo quasi alla stazione», disse Wakao alzandosi con fare inquieto.

Di riflesso, mi tirai su a mia volta e recuperai il bagaglio dallo scomparto. Non era il momento di lasciarsi prendere dal panico, ormai si era fatto troppo tardi anche per quello.

Scossi Yaguchi e Tazaki per svegliarli. Aprirono gli occhi assonnati e sbadigliarono rumorosamente, senza badare agli sguardi di chi avevamo attorno. Il loro fiato puzzava ancora di alcol.

"Siete stati voi a volerci venire, o sbaglio?!", pensai irritata, passando loro i bagagli mentre si alzavano in piedi.

«Datevi una svegliata, per favore».

Sfruttammo i venti minuti di attesa del bus per pranzare. Nella stazione in cui eravamo arrivati era già tanto essere riusciti a trovare un ristorante di *soba*.

Per sicurezza, copiai la tabella degli orari per il ritorno, poi, per calmarmi, fumai una sigaretta.

Era la prima stazione di campagna vicino alla città.

Il bus era già in sosta, alla fermata, e Wakao salì per prima.

"Starà bene?".

Sembrava piuttosto esausta. Per quanto preoccupata, però, io rimasi in attesa all'esterno.

Il mio pensiero era uno soltanto: dopo quanto tempo sarebbe passato il bus per il ritorno? Stando al primo controllo che avevo fatto, avevamo a disposizione un intervallo di quasi un'ora. Se appena arrivati fossimo tornati alle rovine per restituire la legna, cosa avremmo fatto nel tempo restante? Anche ammesso che fossimo riusciti a individuare il punto in cui era morto Onodera, avremmo impiegato giusto un minuto per pregare. Be', non era certamente un luogo in cui avrei voluto trattenermi a lungo.

Idealmente, avremmo potuto utilizzare quel tempo per avvicinarci a piedi alla città e raggiungere la fermata successiva, ma non avevo alcuna garanzia che Yaguchi e gli altri avrebbero obbedito alla mia richiesta. Dopo aver riposato sul treno, poteva darsi che lei e Tazaki fossero di nuovo freschi e pimpanti, pronti a mettermi i bastoni tra le ruote.

Eppure, al momento, i due si stavano godendo il sole estivo, mentre, come se nulla avessero imparato, rievocavano con ilarità la loro ultima visita alle rovine. Erano un po' distanti dall'area fumatori, per cui non riuscivo a sentire ogni loro battuta, ma le parole "rovine" e "santuario" giungevano di tanto in tanto alle mie orecchie.

Non sapevo cosa ci fosse di divertente, ma a un certo punto Yaguchi gettò la testa all'indietro scoppiando a ridere. Poi, si avvicinò a me.

«Ehi, Kazuno», disse afferrandomi il braccio con la mano sudata, «fai attenzione!».

Io scacciai il fumo e spensi rapidamente la sigaretta nel posacenere. Il bus stava per partire, così mi avviai per salirvi. Ancora a braccetto, Yaguchi se la rideva.

«Il nostro romanzo procede? Ti stai mettendo d'impegno, vero?»

«Ecco...».

«Oh, non dire così! Fatti forza!», disse dandomi una sonora pacca sulla schiena.

Senza pensarci due volte, mi fiondai sul bus e mi sedetti prontamente a fianco di Wakao. Per mia fortuna, erano file da due.

«Ah! Cos'è, non vuoi stare vicino a me perché sono grassa?», mi provocò Yaguchi storcendo le labbra in un ghigno.

«Tu hai i bagagli, no?», le feci notare, decisa a ignorarla.

Con aria imbronciata, lei sollevò la busta di carta e proseguì sul retro del bus assieme a Tazaki.

Mi lasciai sfuggire un lungo sospiro. Avevo le spalle terribilmente contratte.

«Tutto bene?», bisbigliò Wakao.

«Tu, piuttosto, che non hai nemmeno dormito, come

stai?». Ruotai il collo a destra e a sinistra e proseguii. «Tranquilla, le spalle rigide fanno parte del mio lavoro».

«Chissà quanti impegni avrai... Mi spiace».

Abbassò il capo, in preda ai sensi di colpa per avermi coinvolta.

«Oh, non preoccuparti...».

Non le avevo raccontato del mio ricovero, né tantomeno della faccenda di Ihaiyama. A quanto pareva, lei mi credeva solo sulla base dell'avvertimento che avevo dato a Tazaki. Avrei voluto spiegarle tutto, ma ero infastidita dall'idea che i due là dietro potessero sentirmi.

"Appena questa giornata sarà finita e saremo tornati indietro sani e salvi... solo allora potrò dirti ogni cosa", pensai tenendo la bocca chiusa.

Man mano che ci allontanavamo dalla piccola cittadina, il verde tutt'intorno si faceva più fitto e il rombo del motore non riusciva a coprire il canto delle cicale. Era proprio piena estate. Dall'asfalto risaliva la foschia da calore. Più in profondità nella foresta, la luce del sole filtrata dal fogliame degli alberi creava disegni di luce sulla strada. Il bianco argentato del loro bagliore andava in contrasto con il verde scuro che costeggiava entrambi i lati della carreggiata.

Le zone montane lontane dalle città offrono sempre dei paesaggi del genere. Il fatto che siano prevedibili, non ne diminuisce mai la bellezza.

"Ho quasi voglia di passeggiare sui monti".

Ero incantata dal fluire della vegetazione fuori dal finestrino.

"Ho promesso a Satomi che saremmo andate in montagna...".

Per qualche ragione, i miei pensieri cominciarono a divagare. Sapevo di dover restare concentrata, eppure la mia mente era distratta. Per giunta, mi sentivo assonnata.

Quando raggiungemmo le ultime case, la maggior parte dei passeggeri era già scesa. L'interno vuoto e le vibrazioni regolari del bus rendevano ancor più forte la tentazione di addormentarsi.

"Yaguchi e Tazaki si sono di nuovo appisolati?"

Quei due non parlavano né emettevano alcun suono da parecchio tempo.

"Meglio bere del tè per restare sveglia".

Rovistai nella mia borsa e tirai fuori una bottiglietta di plastica.

«Senti...», mi chiamò Wakao a bassa voce, «abbiamo appena passato le rovine, ma...».

Balzai in piedi e guardai fuori dal finestrino. Dell'ex segheria non era più visibile nemmeno l'ombra. La boscaglia di Iwaiyama proseguiva a non finire.

"Saremmo dovuti scendere prima".

Che sbadata!

"Davvero è stata solo distrazione?".

Repressi la mia ansia, non c'era tempo da perdere. In tratte montane come quella le fermate potevano essere molto distanti una dall'altra. Premetti il pulsante di prenotazione e controllai la sosta successiva. Il nome sul display diceva "Davanti al Santuario di montagna".

“Che coincidenza è mai questa?”.

Non era mia intenzione visitare il santuario. Avevo programmato di rimettere al suo posto la legna di Iwaiyama e finirla lì.

“Ancora non ti basta?”.

Ero confusa.

Sarei dovuta andare al santuario o avrei dovuto evitarlo?

La montagna mi stava guidando verso la soluzione o attirando in una trappola?

Se l’avessi chiesto, l’autista avrebbe fermato il bus e ci avrebbe fatti scendere subito. Sarebbe stato un punto scomodo, ma almeno non avremmo dovuto vedere il santuario.

Non riuscivo a decidermi.

In fondo, non ero una medium.

I miei interrogativi restarono senza risposta, mentre la strada cominciava a curvare sulla sinistra.

Mi tornò in mente la mappa: il santuario era subito dopo quella curva.

Schioccai la lingua e tirai fuori il portafoglio dalla mia borsa.

«Scendiamo!», gridai ai due nei posti in fondo, che sonnecchiavano tranquilli.

Avrei dovuto forse picchiarli, vero?

«Svegliatevi!», strillai di nuovo con voce isterica.

17

Quando il bus si allontanò, lasciandoci da soli tra le alture, rimase soltanto il canto delle cicale a farci compagnia.

Eravamo tutti e quattro in piedi, avvolti da quella strana quiete.

La fermata del santuario doveva trovarsi più avanti, dato che non scorgevo alcun *torii* all'orizzonte.

Tazaki reggeva il suo pacco con entrambe le mani, sembrava quasi un regalo per qualcuno, anche perché la carta del Gaia Bazar aveva delle note natalizie. Quel motivo colorato era in netto contrasto con il suo volto assonnato e lo rendeva persino più scuro ed emaciato. La mano destra sembrava gravemente compromessa e lui, facendo del suo meglio per sostenere il peso, proiettava in avanti uno sguardo spento.

Yaguchi aveva appoggiato la busta di carta ai suoi piedi e continuava ad asciugarsi il sudore.

Io non avevo caldo. Al contrario, da quando avevo posato i piedi su quel suolo, il mio corpo aveva continuato a raffreddarsi. Pensandoci meglio, nelle vicinanze doveva scorrere un fiume. Forse era per quello che faceva più fresco che a bordo del bus con il condizionatore acceso.

Wakao scrutava la strada. Proseguendo ancora un poco a piedi, avremmo raggiunto il Santuario di montagna.

Presa una decisione, mi incamminai nella direzione in cui guardava lei.

«Dove vai?», domandò Yaguchi.

Senza degnarla di uno sguardo, puntai in avanti e le risposi con un'altra domanda. «In che punto è morto Onodera? Per prima cosa intendo verificare questo».

Non ci fu risposta.

«Dove?», ripetei voltandomi.

Subito dietro di me, Tazaki aveva un goffo sorriso stampato in faccia.

«Pensavo avremmo trovato dei fiori a segnalarlo…».

«Ah, sì? E c'erano? Li hai visti? Oh, è improbabile, visto che hai dormito per tutto il viaggio, no?».

«Su, non c'è bisogno di arrabbiarsi, Kazuno!», disse Yaguchi ridendo sguaiata.

«È vero! Possiamo sempre controllare al ritorno», disse Tazaki, sorridente.

Ricambiai il sorriso.

«Avete intenzione di tornare fino in città a piedi?»

«Be', da qui…».

«Quanto ci avete messo a percorrere la strada della prefettura in macchina?»

«Non saprei, quella volta il motore faceva i dispetti», disse Yaguchi imbronciata.

In quel momento persi la pazienza. Era proprio come pensavo.

«Che importa! Anche mal funzionante, sarà stato ben più veloce che a piedi!», cominciai a sbraitare. «Cosa siamo venuti a fare qui?», ringhiai. «Non ve ne è importato mai nulla di commemorare la morte di Onodera. Voi volevate tornare un'altra volta in questo posto, nulla di più!».

«Ma no! Che motivo avremmo?».

Tazaki diede una leggera alzata di spalle. Aveva sul serio ancora intenzione di mentire?

Dal canto mio, continuai a fissarli infuriata.

La loro determinazione a tornare in quel luogo era una ragione sufficiente.

Che volessero ancora essere delle *vittime* era una ragione sufficiente.

Se fosse stato a causa della loro stessa personalità oppure per l'influenza della maledizione, non aveva più alcuna importanza.

"Ti prego, fa' che io non finisca come sacrificio per i morti che si radunano sulla montagna…".

Wakao lanciò uno sguardo preoccupato verso di me.

Sapevo di aver cambiato colore.

Ma non era rabbia.

Era paura.

Dal momento stesso in cui ero scesa dal bus, avevo realizzato che la montagna era molto più spaventosa di quanto avessi immaginato. Pur essendo una giornata tanto soleggiata, l'atmosfera era pesante. Avevo come l'impressione di venire schiacciata. A mezzogiorno, in piena estate, avevo così freddo che dovevo stringere con forza i denti per non tremare.

Ma gli altri stavano tutti bene? Come era possibile? Perché soltanto io ero a disagio? Era un buono o un cattivo segno avvertire una tale inquietudine?

"Voglio tornare a casa", pensai.

Sarei scoppiata volentieri a piangere, perché era impossibile fare dietrofront, giunti a quel punto. Se avessi gettato la spugna e fossi fuggita, il mio piano sarebbe andato in fumo. Dopo avere persino accettato di recitare la parte della finta medium, avevo finalmente raggiunto lo stadio conclusivo. Non potevo mandare tutto all'aria.

"Speriamo che la preparazione fatta fin qui si riveli utile".

Come mai la leggenda su Ihaiyama non menzionava alcuna via di fuga? E se l'albero abbattuto non avesse trovato pace nemmeno dopo che la sua legna fosse stata riconsegnata al territorio della montagna?

«Dove vai?», mi chiese nuovamente Yaguchi appena ripresi a camminare.

Senza dire una parola, percorsi la curva della strada.

Completato il morbido tornante, più avanti, notai il colore rosso in lontananza.

Il *torii*.

Ammutolita, lo indicai agli altri soltanto con lo sguardo.

«Intendi offrire la legna al santuario?», mormorò Tazaki.

“Be’… Potrebbe essere un’idea”.

Stavo quasi per convincermene, quando Yaguchi gridò: «Non entrate!».

Ci aggirò portandosi di fronte a noi, gettò a terra la busta di carta e allargò entrambe la braccia.

«Lì è dove abbiamo lasciato tutta l’impurità!».

«Yaguchi…», fece Wakao accigliata.

«Lì abbiamo recitato lo *Ōharae*! Non possiamo tornarci!».

“Di nuovo questo discorso senza senso…”.

Scossi lentamente la testa. Se non altro, grazie a lei, la mia paura diminuì un poco, anche se per un momento soltanto.

«Ah, sì, Yaguchi? Da quando, una volta recitato lo *Ōharae* in un santuario, non è più possibile tornarci?», la canzonai.

Rimase zitta.

«Il sacerdote ripete lo *Ōharae* ogni singolo giorno! Se l’impurità si liberasse così nei luoghi sacri, a quest’ora non avremmo più santuari ma solo discariche».

«I-Il nostro *norito* è speciale», disse Yaguchi sollevando lo sguardo.

Le sue parole non fecero che alimentare la mia rabbia.

«Infatti! E dimmi, cosa è successo a Onodera, dopo aver recitato quel *norito* speciale?», mi uscì di bocca, nonostante fosse un’allusione che avrei preferito evitare.

L’effetto, però, fu immediato. Yaguchi ammutolì e le sue labbra presero a tremare.

Rivolgendomi sia a lei sia a Tazaki, dissi: «Per il momento, raggiungiamo l'ingresso». Avanzai un altro passo verso il *torii*. «Tu potrai anche aspettare fuori, Yaguchi», fui costretta ad aggiungere, dato che sarebbe stato un problema se si fosse piantata dove eravamo.

Lei chinò il capo e mi seguì, mentre io presi ad analizzarla.

Perché era così restia? Era davvero ciò che continuava a ripetere oppure temeva qualcos'altro?

Volevo scoprirne il motivo.

"Lasciare qui la legna potrebbe anche essere la cosa giusta da fare", mi convinsi.

Così facendo, mi sarei potuta risparmiare la visita alle rovine. Iniziai a nutrire un briciolo di speranza in quella possibilità.

Ci fermammo tutti e quattro, restando in silenzio, di fronte al *torii* rosso. La placca consumata recitava: "Santuario di montagna".

Eravamo arrivati.

«Oh...», sentii sussurrare alle mie spalle.

Mi voltai e trovai i tre a bocca aperta, in evidente stato di shock.

Inclinai la testa e tornai a guardare avanti. Come avevo immaginato, quel santuario sembrava un luogo di culto dedicato alla divinità di Iwaiyama.

Inoltre, era la via di accesso per risalire la montagna. Al di là del *torii*, infatti, una fatiscente scalinata in pietra si allungava a non finire. Sembrava che nessuno percorresse quella strada ormai da tempo. Poco più su, le scale erano distrutte e coperte di terra, sabbia e foglie morte.

Mi chiesi se il santuario fosse stato fondato una volta che Ihaiyama era divenuta Iwaiyama. Chissà, magari era stato dedicato alla divinità della montagna proprio per calmare il feroce spirito. Di certo, la presenza della scalinata in pietra non si addiceva a una "montagna proibita".

Udii un tonfo sordo dietro di me. Tazaki aveva lasciato cadere il suo "regalo".

A fianco a lui, Wakao tremava, visibilmente spaventata.

Non feci in tempo a chiedere "Cosa vi prende?", che fui travolta da nuovi brividi di freddo.

Una corrente gelida soffiò dal santuario contro la mia schiena. Avvertii una presenza, come una grande belva che si avvicinava alle mie spalle, così scattai rapida su un lato. L'istinto mi fece afferrare Wakao, che strattonai e feci cadere giù, a terra.

«Wakao?!», dissi scuotendola per le spalle.

Tremante, la ragazza puntava un dito verso il *torii*.

«I-In cima a quella scalinata... c-c'era un padiglione!».

«Eh?».

«U-Un santuario bellissimo, con uno specchio».

«Wakao, ora calmati».

«Lassù... noi li abbiamo saliti tutti».

«I gradini?»

«Ma ora... è diverso!», disse Wakao mentre le lacrime

cominciavano a scenderle dagli occhi. «In onore di cosa abbiamo pregato?!».

«Per questo non volevo venirci!», intervenne Yaguchi battendo i piedi.

Tazaki se ne stava immobile, accanto a lei, dritto come un bastone.

Non capendo cosa stesse succedendo, continuavo a spostare lo sguardo da loro tre al *torii*.

"Che significa tutto questo?".

Wakao e gli altri avevano trovato un edificio che faceva parte del santuario in cima alle scale? Un padiglione inesistente, in cui avevano pregato e poi Onodera aveva sputato?

Allungai lo sguardo oltre il *torii*. Nell'ombra pesante di quello scenario estivo, i gradini in pietra che sembravano ormai avere esaurito la loro funzione giacevano nel silenzio, diroccati dalla metà in su.

Era come se la montagna mi stesse ridendo in faccia.

Si dice che dopo la morte, gli spiriti vadano a cercare la quiete sui monti. Un'altra leggenda parla di una casa fantasma che porterebbe ricchezza a chiunque la visiti. Iwaiyama, anzi, Ihaiyama giocava su queste credenze popolari per attirare le persone verso la morte?

"È proprio il caso di restituire qui la legna".

Nonostante il freddo paralizzante, presi una decisione. Se i gradini risalivano la montagna, allora anche l'area subito oltre il *torii* faceva già parte di Iwaiyama. Non sapevo se le presenze in quel luogo me lo avrebbero permesso, ma intendevo restituire alla montagna ciò che apparteneva alla montagna... Era il massimo che potevamo fare.

Mi accovacciai a terra e cominciai a scartare l'involucro del primo legno.

«Yaguchi, apri anche il tuo pacco», ordinai.

Lei però continuò imperterrita a pestare i piedi, rifiutando con tutto il suo corpo.

Allora presi io la busta di carta e fu Wakao, non senza esitazione, ad aiutarmi.

«Lasciamo qui la legna?», mi domandò articolando a stento le parole.

«Sì. Perché non è alla segheria che appartiene, ma alla montagna».

Avvertivo ancora quegli strani brividi di freddo, ma per fortuna non avevo visto il padiglione fantasma. Non avendone esperienza diretta, riuscivo ad agire con più controllo.

Separai i tre pezzi di legno e cercai di distribuirli uno a testa agli altri, ma Yaguchi e Tazaki si rifiutarono.

«Tazaki, se non chiedi perdono, il tuo braccio destro non guarirà mai!».

A quella minaccia, l'uomo ebbe un piccolo sussulto e afferrò il pezzo di legno più grande.

Prima che potessi rivolgerle la parola, Yaguchi si mise a gridare: «Io non voglio farlo!».

«Perché? Hai paura?»

«Sì che ho paura...!». Aveva i capelli tutti in disordine e tremava da capo a piedi. Ricordava una bambina dell'asilo.

Mi trattenni dal sospirare. «Andate avanti voi», intimai a Wakao e Tazaki.

La ragazza annuì, il viso pallido. Reggendo con estrema cura il piccolo pezzo di legno con entrambe le mani, a passi incerti varcò il *torii*. Tazaki procedeva dietro di lei. Nella fioca luce del precinto, li vidi posare la legna a entrambi i lati della scalinata in pietra.

Tazaki tornò indietro di corsa, ma la tensione sul suo viso venne gradualmente rimpiazzata da un sorriso di sollievo. Doveva pensare di essere salvo. Scoprì i denti e rilassò le spalle.

Ovviamente non c'era alcuna garanzia che in quel modo il suo braccio sarebbe migliorato, io lo avevo soltanto intimidito per spronarlo, proprio come si fa per ingannare un bambino.

Ma ero stata costretta, visto che dovevamo portare a termine un rituale.

Un rituale necessario, se non altro, per la mia salute mentale e quella di Wakao.

Anche quest'ultima, con calma, fece ritorno. Come ci si poteva aspettare da qualcuno che proveniva da una famiglia *shintō*, si voltò per fare un profondo inchino in direzione del *torii*. La sua espressione era visibilmente sollevata.

Mancava soltanto Yaguchi.

Per quanto cercassi di persuaderla, non voleva saperne di prendere il pezzo di legno. Da sola non sembrava in grado di calmarsi né di riflettere. Proprio come una bambina, continuava a rifiutare piangendo e divincolandosi.

Mentre mi scervellavo per trovare il modo di convincerla, io stessa finii per perdere di vista il motivo per cui dovevo costringerla a fare qualcosa di così ridicolo.

Così, mi zittii ed emisi un profondo sospiro.

Approfittando del momentaneo silenzio, Tazaki si avvicinò a noi, il volto di nuovo allegro.

«Sei proprio una fifona, eh, Yagu?», disse togliendomi di mano il pezzo di legno restante.

Poi, lo sollevò in alto e... senza che avessi il tempo per fermarlo, lo scagliò con violenza all'interno del santuario.

Un tonfo sordo. Il blocco colpì i gradini in pietra e rotolò sul terreno.

Scioccata, non avevo potuto fare altro che seguirne la parabola in aria.

«Ecco. Bastava fare così, no?»

«Evviva! Tazaki, ti adoro!».

Le loro voci riecheggiarono nella foresta.

«Che cosa orribile...», ansimò Wakao, quasi senza voce.

Distolsi lo sguardo per un istante dal santuario e la fissai, poi guardai di nuovo oltre il *torii*.

La montagna era scura e silenziosa.

A quel punto, mi fu impossibile trattenermi e le mie labbra assunsero i vaghi contorni di un sorriso.

«Andiamo via!».

Senza guardare in faccia nessuno, feci uno scatto per andare diretta alla fermata del bus.

Nel frattempo, mi accorsi che il freddo era sparito.

"È davvero finita", pensai.

18

Aspettavamo, ma il bus non arrivava.

Controllando l'orologio, iniziai a temere che fosse già passato.

Avevamo fatto tardi per via del tempo perso a convincere Yaguchi? O semplicemente non era ancora arrivato?

In ogni caso, camminare sarebbe stata una distrazione migliore che attendere per un'altra ora. Se un bus ci avesse incrociati a metà strada, in un posto del genere ci avrebbe senz'altro fatti salire.

La fermata successiva era oltre le rovine. L'idea di passare di lì non mi entusiasmava, ma volevo allontanarmi dal santuario quanto prima.

L'orologio segnava le tre, quindi in teoria avevamo ancora tempo prima del tramonto, ma la successiva corsa sarebbe passata verso le quattro e sulle strade di montagna faceva buio presto. Per giunta, chissà quando, il sole si era già nascosto dietro le nuvole.

"Se non stiamo attenti, prenderemo anche la pioggia".

Pareva che fosse in arrivo un temporale serale, ma ero

troppo stanca per leggerci dietro una qualche causa sovrannaturale, mi sentivo completamente svuotata.

"È la ricompensa dopo tutti i miei sforzi?", mi dissi con sarcasmo.

Non avevo più energie.

"Questo è ciò che succede a essere sballottata di qua e di là".

Se possibile, avrei voluto che il finale accontentasse tutti. Ma se il duro impegno era davvero sempre ricompensato, allora nessuno avrebbe mai fallito agli esami di ammissione delle università, no?

Yaguchi si lamentava per il caldo, Tazaki sfornava battute e Wakao non apriva bocca. Io camminavo davanti, tenendomi lontana da loro.

Quando il cielo cominciò sul serio a imbrunire, notai sul ciglio della strada un mazzo di fiori appassiti. Lo superai senza dire una parola. Come immaginavo, i due dietro di me non lo videro nemmeno.

Poco dopo, avvistai le rovine…

Lì, non potei fare a meno di fermarmi. I tre mi raggiunsero e arrestarono la loro marcia davanti al cancello.

«Con la luce non fa così paura», disse Yaguchi in tono spocchioso.

«Qualcun altro è stato qui dopo di noi», le fece seguito Tazaki.

«Be', siamo nel pieno delle vacanze estive, dopotutto», osservò lei.

«Credi che a tutti i gruppi di visitatori siano capitate cose strane, Kazuno?», domandò Tazaki beffardo.

«Chissà!». Ridacchiai.

Ormai non mi importava più se quanto accaduto fosse stata una coincidenza o una mera illusione, né mi interessava se chiunque altro si fosse intrufolato in quel luogo fosse condannato alla sfortuna.

Alla fin fine, era tutta una questione di interpretazioni, sensibilità ed emozioni. E qualunque fosse la mia visione di quell'esperienza, non mi sentivo in dovere di condividerla.

Non con loro, almeno.

A terra, vicino al cancello, c'erano resti di fuochi d'artificio sparati di recente. Dei caratteri erano stati scarabocchiati con una bomboletta sul cemento crepato. In rosso, la parola "Maledizione". In blu, "Morte". Chi le aveva scritte doveva essersi proprio divertito. E anche in quella giornata, pensai, probabilmente si stava godendo appieno le vacanze estive senza un pensiero al mondo.

Alla fine, il tempo non resse più e delle grosse gocce di pioggia cominciarono a precipitare dal cielo, lasciando tante macchioline grigie sul cemento sotto di noi.

La montagna che si era reinsediata tra quelle rovine prese a oscillare, battuta dalla pioggia.

Tenendo il capo chino e provando a riparami con le mani, mi incamminai rapida verso la fermata del bus.

Quando arrivammo alla stazione, il temporale era terminato. O forse in città non aveva piovuto affatto, dato che le strade erano asciutte e pulite.

«Che razza di pioggia! Terribile, eh?», disse civettuola

Yaguchi, rivolgendosi a Tazaki, mentre questo le porgeva un asciugamano. Sembrava avesse già dimenticato Onodera e messo gli occhi su di lui.

Seduta su una panchina, attendevo l'arrivo del treno. Avevo talmente sonno che non resistevo più. La notte precedente avevo suggerito a Wakao di riposare, ma poi io stessa avevo dormito ben poco. Ora che avevo scaricato tutta l'adrenalina, la sonnolenza era divenuta incontrollabile.

"Devo restare sveglia finché non saremo saliti sul treno", mi dissi.

Ingoiai uno sbadiglio e guardai Wakao a fianco a me. Con due nere occhiaie in bella vista, mi rivolse un sorriso sofferente. Non mi interrogai sul perché, ma lei si affrettò a spiegare.

«Ho deciso di tornarmene a Wakayama», mormorò tranquilla.

«Davvero?»

«Sai, negli ultimi tempi mia nonna mi è apparsa spesso in sogno. Mi ha detto che è preoccupata per me e che dovrei tornare a casa».

«Ah, capisco».

Onestamente, le credevo.

Si dice che persone come lei abbiano difese "forti come amuleti". Forse era per questo che, pur essendo stata coinvolta in prima persona nella maledizione, non ne aveva sofferto gravi conseguenze. Come la invidiavo…

La cosa non mi riguardava affatto, eppure sentivo uno strano presentimento.

“Basta lamentarmi!”.

Cercai di allontanare la negatività e, sovrappensiero, mormorai: «Gli dèi a Wakayama sono molto potenti, dopotutto».

Wakao sbatté le palpebre e abbassò il capo come se si fosse appena ricordata di qualcosa.

«Grazie davvero… per l’aiuto che mi hai dato oggi».

«Ma se io non ho fatto nulla!».

«Hai avuto tu la giusta intuizione di restituire la legna a Iwaiyama».

«Ah, parli di quello?», feci sorridendole.

A quel punto, estrassi dalla mia borsa le fotocopie che avevo ricevuto da Satomi e le infilai rapidamente nella sua. Avevo pensato di mostrarle a tutti nell’eventualità in cui la mia recita da medium fosse fallita.

«Più tardi, leggi questi. Capirai il trucco».

Wakao era perplessa.

«Lo sai che io non sono una medium!», le dissi chiaro e tondo.

Sempre più imbarazzata, Wakao aggrottò le sopracciglia. Mentre mi trattenevo dal ridere, arrivò di corsa Yaguchi e si lasciò cadere sul lato libero della panchina, vicino a me.

«Senti, anche la storia di oggi la inserirai in un romanzo?».

Possibile che avesse ancora quella fissa?

Il sole fece capolino tra le nuvole, ma subito venne reinghiottito.

Sorrisi cercando di nascondere la mia irritazione.

«Chi lo sa? Magari, in futuro...».

Soltanto per quel giorno, avrei tenuto duro. Dovevo resistere finché non ci saremmo separati.

Continuavo a ripeterlo dentro di me.

Presto sarebbe arrivata la fine dei miei rapporti con Yaguchi.

Non l'avrei più incontrata, né letto le sue email o risposto alle sue telefonate.

Ero determinata a farlo.

Non erano le maledizioni o nulla di simile a spingermi a volerla eliminare dalla mia vita. Semplicemente, non l'apprezzavo più. Tutto qui.

Il treno arrivò al binario e salii rapida a bordo.

Senza smetterla di parlare, Yaguchi si accomodò vicino a me.

"Ti prego, fa' che mi lasci dormire".

Sperai che Yaguchi non fosse intenzionata a stare sveglia.

Seduto di fronte a lei, Tazaki si addormentò quasi subito, mentre lei rimase pimpante.

Era così da quando avevamo gettato via l'ultimo pezzo di legno.

Cercavo di trattenere un sospiro, quando all'improvviso Yaguchi esclamò: «Ah! La borsa! L'ho scordata sulla panchina!».

Saltò su come una bambina e scese di corsa dal vagone.

Il segnale della partenza squillò e le porte del treno si chiusero l'attimo dopo.

«Yaguchi!», gridai nel panico, guardando fuori dal finestrino.

Lei era in piedi di fianco alla panchina e guardava nella mia direzione senza alcuna urgenza. Sul volto, un grosso sorriso.

Il treno cominciò lentamente a muoversi.

«Yaguchi!», gridò anche Wakao.

Non c'era dubbio: le nostre voci l'avevano raggiunta, perché Yaguchi si mise ad agitare una mano con energia in risposta. Poi, nel movimento delle sue labbra, entrambe potemmo leggere: «Ciao ciao!».

Yaguchi non fece più ritorno.

Non tornò a casa né l'avvistammo da qualche altra parte.

La borsa con dentro il suo cellulare restò lì, in stazione.

La sua figura sparì completamente dalle nostre vite.

Non scoprimmo mai la ragione della sua fuga. A essere sincera, neanche volevo conoscerla. L'unico dettaglio che rimase impresso nella mia memoria fu il suo sorriso finale.

E così, grazie a lei mi sono decisa a scrivere.

Fino a un momento prima che sparisse, aveva continuato a chiedermi di ispirarmi alla sua figura per le mie storie. Con il senno di poi, quella richiesta particolare racchiudeva forse la sincerità della Yaguchi Asako che avevo conosciuto un tempo. Era consapevole della sfortuna che si era abbattuta su di lei, e sicuramente consumata dal rimorso. Conscia di avere commesso qualche cosa di irreparabile, forse ci teneva a lanciare un messaggio affinché le persone non commettessero i suoi stessi errori in futuro.

Non saprò mai la verità.

Tuttavia, ora sto scrivendo questo manoscritto per esaudire il suo desiderio.

È l'unica cosa che posso fare per lei.

Per quanto riguarda Wakao, una volta tornata nel suo villaggio natio, si è sposata in men che non si dica. Adesso si gode la sua nuova vita.

Con Tazaki mi sono sentita rare volte, da dopo la scomparsa di Yaguchi. Al momento non abbiamo contatti. L'ultima volta in cui l'ho incontrato, il suo braccio non era ancora guarito.

Mi chiedo come stia ora.

Il Gaia Bazar e lo Swami non esistono più.

Ovviamente, trasponendo la storia in un romanzo ho cambiato ambientazioni, nomi e sesso dei personaggi. La vera Kazuno Minami è più indecisa, Wakao ha maggiori capacità sensitive e, come è tipico delle storie di fantasia, gli eventi sono stati raccontati in una veste più drammatica di come sono realmente accaduti. Si tratta, pertanto, di *fiction*.

Sono convinta che prima o poi, senza preavviso, Yaguchi farà ritorno. In attesa di quel giorno, non ho bloccato la sua email né cancellato il suo numero di telefono.

Se mi contatterà, le consegnerò il libro.

«Ho scritto un romanzo sulla maledizione delle rovine, proprio come desideravi tu», le farò sapere con calma, poi le darò un colpetto sulla schiena e aggiungerò: «Sono felice che tu sia sana e salva».

Riferimenti bibliografici

URYŪ TAKUZŌ, *Hinohara mura kibun: sono fūdo to ningen* (*«Cronache del villaggio Hinohara: topografia e popolazione»*), Heibonsha Library.

Glossario

Golden Week: periodo festivo giapponese che cade ogni anno dal 29 aprile al 5 maggio, in occasione di quattro diverse festività pubbliche ravvicinate. Il 29 aprile è lo *Shōwa no hi*, ricorrenza della nascita dell'Imperatore Hirohito, regnante dell'era omonima (1926-1989). Il 3 maggio cade invece il *Kenpō kinenbi*, in cui si ricorda l'entrata in vigore della Costituzione del 1947. Il 4 maggio si celebra il *Midori no hi*, letteralmente "giorno del verde", dedicato all'armonia con la natura. Il 5 maggio ricorre infine il *Kodomo no hi*, la festa dedicata ai bambini. La durata eccezionale del periodo festivo della Golden Week fa sì che molti giapponesi si dedichino al turismo domestico.

Hyakumonogatari: gioco in voga nel Giappone di periodo Edo (1603-1868). I partecipanti raccontano a rotazione delle storie di fantasmi spegnendo ogni volta una delle cento candele accese nella stanza. Nella leggenda, allo spegnimento dell'ultima candela sarebbe apparso lo spirito *Aoandon* (lett. "lanterna blu") con le sembianze di donna dai lunghi capelli neri, kimono bianco, piccole corna sulla testa e denti dipinti di nero.

Incidente dell'Aum Shinrikyō: attentato alla metropolitana di Tokyo perpetrato con l'impiego del gas nervino (Sarin) dai membri della nuova religione Aum Shinrikyō su mandato del fondatore Asahara Shōkō, il 20 marzo 1995. L'attacco ha causato tredici vittime e migliaia di intossicati.

Izakaya: tipico locale giapponese, popolare ed economico, dove si servono alcolici accompagnati da piccole consumazioni.

Kami: divinità venerate nello *shintō* e identificate nell'antichità con le forze della natura come monti, fiumi, cascate, alberi e vulcani.

Kappa: spirito del folclore giapponese abitante di fiumi e laghi. Ha le dimensioni di un bambino, un corpo simile a quello di una rana e un becco (a volte, anche un guscio) di tartaruga. Di indole maliziosa, sarebbe solito fare dispetti a chi lo incontra.

Konbini: abbreviazione del prestito inglese *convenience store*. Pubblico esercizio con vendita al dettaglio di una larga gamma di prodotti. Aperto tutti i giorni, offre spesso un servizio a orario continuato.

Kotatsu: sistema di riscaldamento tradizionale giapponese. Consiste in un braciere quadrato incavato direttamente nel pavimento delle abitazioni sopra il quale viene sistemato un basso tavolo coperto da una trapunta che impedisce il disperdersi del calore. Ci si riscalda sedendosi con le gambe sotto il tavolo, coperte dalla trapunta.

Kyūbon: indica l'*Obon* festeggiato nel mese di agosto. A seguito della riforma del calendario attuata in epoca Meiji (1868-1912) alcuni eventi tradizionali risultarono posticipati di trenta giorni. Così, l'*Obon* festeggiato a metà del settimo mese secondo il vecchio calendario lunare, cade il 15 agosto nel nuovo calendario gregoriano. È quanto avviene nella maggior parte del Giappone, a eccezione di Tokyo e poche zone montuose, come Hakodate e Kanazawa, nelle quali la festività è celebrata il 15 luglio (*Shinbon*).

Meiji (periodo): 1868-1912.

Norito: preghiere alle divinità recitate dai sacerdoti *shintō* durante riti celebrativi. Hanno a che fare con la presentazione di offerte di cibo, espressioni di lodi e gratitudine, invocazioni di favore.

Obon: festività giapponese celebrata a seconda della regione tra luglio e agosto per commemorare, accogliere e infine esorcizzare gli spiriti degli antenati.

Ōharae: rito di purificazione *shintō* eseguito al palazzo imperiale e nei santuari, in particolare a fine giugno e fine dicembre, per ripulire le persone dalle proprie colpe e impurità.

Sakaki: *Cleyera japonica*. Albero sempreverde della famiglia *Pentaphylacaceae*. Cresce spontaneamente in Giappone, Corea e Cina continentale.

Sake: bevanda alcolica ottenuta dal riso fermentato, di colore trasparente e gradazione alcolica di 15-17 gradi.

Shintō: sistema di credenze e riti endemico giapponese basato sul culto delle forze della natura e sulla venerazione degli antenati (letteralmente: "la via degli dèi").

Soba: spaghetti di grano saraceno.

Tatami: tradizionali stuoie di giunchi intrecciati, imbottite di paglia di riso pressata e fissata su una cornice in legno bordata di stoffa. Di dimensioni standard (180x90 cm), sono utilizzate inoltre come unità di misura per l'ampiezza dei locali.

Terremoto di Kōbe: è il Grande terremoto di Hanshin-Awaji verificatosi il 17 gennaio 1995 nella zona sud della Prefettura di Hyōgo. La scossa principale sfiorò magnitudo Mw 6.8, le vittime furono oltre quattromila e si registrarono ingenti danni a edifici e infrastrutture.

Tōfu: cagliata ricavata dal succo dei fagioli di soia.

Tokobashira: pilastro decorativo che nelle stanze in stile tradizionale giapponese separa la nicchia del *tokonoma* dalla sezione di parete adiacente, che ospita solitamente il *tokowaki,* costituito da mensole espositive.

Tokonoma: alcova ricavata su una parete delle stanze in stile tradizionale giapponese in cui di solito, a seconda delle stagioni e delle occasioni, vengono esposte calligrafie, pitture o composizioni floreali.

Torii: caratteristico portale dei santuari *shintō*. In genere di legno dipinto color rosso o in pietra, è costituito da due montanti leggermente convergenti sormontati da due travi di cui la superiore curvata verso l'alto.

Zashiki-warashi: creatura del folclore della regione del Tōhoku, specialmente diffusa nella Prefettura di Iwate. Assumerebbe le sembianze di un bambino di cinque, sei anni dal volto vermiglio. Abiterebbe nelle camere delle antiche residenze e apparirebbe ai bambini mentre questi giocano, restando invisibile agli adulti. La sua visita sarebbe di buon auspicio o di avvertimento per lo scatenarsi imminente di un incendio.

Indice

Matteo Strukul

I SETTE CORVI

Volume di 288 pagine, euro 9,90

Gennaio 1995. A Rauch, minuscolo paese della Val Ghiaccia, gola sperduta in una delle più remote lande delle Alpi Venete, quasi al confine con il Friuli, viene ritrovato il cadavere della giovane insegnante Nicla Rossi. Il volto, escoriato, è stato privato degli occhi, come se qualcuno glieli avesse strappati. La polizia di Belluno incarica l'ispettrice Zoe Tormen e il medico legale Alvise Stella di recarsi sul luogo, poiché le dinamiche dell'omicidio fanno pensare a un potenziale serial killer. I due non potrebbero essere più diversi: Zoe ha trent'anni, è figlia della montagna e sembra uscita dalla copertina di un disco di musica grunge; Alvise, invece, è un uomo di città, ama i completi, la musica classica e gli scacchi. Anche se i loro mondi sembrano destinati a collidere, dovranno unire le forze, perché nella morte di Nicla niente è come sembra. A Rauch si annida un male profondo che neanche la neve è riuscita a spazzare via; un male che affonda le sue radici nella sete di giustizia e in un'antica leggenda. Il passato è diventato presente e forse non è un caso che proprio Zoe sia giunta a Rauch...

NEWTON COMPTON EDITORI

William Friend

LASCIALO ENTRARE

Volume di 288 pagine, euro 9,90

Nove mesi dopo la morte della madre Pippa – una pittrice affermata – le gemelle Sylvie e Cassia iniziano ad avere quello che Alfie, il padre, liquida subito come un semplice incubo ricorrente: ogni notte lo svegliano sostenendo che c'è qualcuno nella loro camera. Questi brutti sogni di punto in bianco sembrano finire e Alfie, che non li aveva mai considerati importanti, se ne dimentica presto. Fino al giorno in cui le figlie iniziano a parlare del loro nuovo misterioso amico, Black Mamba, un uomo magico capace di trasformarsi in qualsiasi cosa voglia: cominciano ad apparecchiare un posto a tavola per lui, gli sussurrano segreti e sostengono che le porterà via. Preoccupato per la situazione, Alfie chiama in soccorso Julia, sorella di Pippa e psicoterapeuta infantile. Qualunque cosa sia questo "amico", non vuole andarsene. Mentre le spire di Black Mamba si stringono attorno alle bambine, Alfie e Julia devono confrontarsi con le loro più recondite paure e mettere in dubbio tutte le loro certezze. Cosa è reale e cosa non lo è? Una domanda che nasconde una posta in gioco altissima: la sopravvivenza di tutta la famiglia.

Sarah Pearse

NEL NULLA

Volume di 416 pagine, euro 9,90

Kier Templer vive la sua vita on the road. Soprannominata “la figlia del mostro” dopo l’efferato crimine della madre, si è lasciata alle spalle la sua città natale e il suo gemello. Una cosa, però, la lega ancora al fratello: le mappe dei luoghi in cui è stata, che crea e gli invia a ogni nuovo viaggio. Un giorno di lei si perdono le tracce nel parco nazionale del Portogallo. La detective Elin Warner giunge nello stesso parco insieme a suo fratello Isaac, in un viaggio per ritrovare il loro rapporto, ma quando scoprono l’ultima e inquietante mappa di Kier, capiscono che la donna non è scomparsa volontariamente. I pochi sconosciuti che si trovano nell’isolato campeggio cominciano a serrare le fila di fronte alle loro domande, e la bellezza selvaggia del parco inizia a diventare sinistra. Elin e Isaac devono districare gli indizi per scoprire cosa è realmente successo a Kier.
Quando si segue una pista, però, bisogna stare attenti a guardarsi le spalle...

NEWTON COMPTON EDITORI

Ashley Winstead

MEZZANOTTE È L'ORA PIÙ BUIA

Volume di 352 pagine, euro 12,90

Ruth Collier si è sempre sentita un'estranea nella cittadina della Louisiana dov'è nata e cresciuta, anche quando suo padre fa piovere sermoni infuocati dal pulpito della chiesa. A Bottom Springs, la sua parola vale quanto la legge. Ma ci sono cose che gli abitanti del paese temono più di Dio, come Low Man, una figura vampirica che si narra uccida i peccatori nei loro letti nelle notti senza luna. Quando un teschio viene trovato nelle profondità della palude, inizia la caccia a Low Man. I sospetti cadono su Everett, un vecchio amico di Ruth con un passato oscuro. Mentre Ruth ed Everett si avvicinano sempre di più, la ragazza inizia a capire che il vero male non va cercato negli orrori che si dice abitino nella palude, ma cammina tra loro. E mentre il confine tra ciò che è giusto e ciò che è sbagliato si fa sempre più sottile, quanto lontano si spingerà Ruth per salvare la persona che ama di più?

NEWTON COMPTON EDITORI

Roberto Carboni

IL MISTERO DI VILLA LAMENTO

Volume di 288 pagine, euro 9,90

1968. Il giornalista italoamericano Paul Cialdini si risveglia in ospedale dopo essere stato in coma: scopre così di aver subito un'aggressione e che la sua ragazza è morta. Nel tentativo di rimettere insieme i frammenti della sua vita e di scoprire l'identità dell'assalitore, si ritrova ospite di Villa Lamento, un inquietante monastero riconvertito in hotel di montagna, chiamato così per gli spifferi che soffiano dalle finestre e che ricordano, appunto, gemiti agghiaccianti. La valle che ospita l'hotel non è meno terrificante: si dice che da vent'anni un assassino, un gigante di oltre due metri, la percorra nottetempo in cerca di vittime a cui spezzare il collo e di cui dilaniare i corpi. C'è forse un collegamento tra i segreti che circondano Villa Lamento e l'aggressione subita da Paul? Per scoprirlo, il giornalista dovrà farsi strada attraverso l'ostilità degli abitanti della valle. Ma ogni mistero sembra celarne un altro ancora più profondo, e ogni passo verso la verità sarà più pericoloso del precedente...

NEWTON COMPTON EDITORI